Kim Doulgan

언제나,
언제나,
감사 합니다.
2020. 봄. 강철군

당신이 어렸날 가장
사랑한 게임을 위하여

2020. 04.

복선회수 해줄게요! 응
2020독 김인정

Write
and
Read

전 삼혜

유저도 개발자도 행복한 게임 되길
2020. 봄날

자기 캐릭터를 소중히 여깁시다!
2020. 4.

엔딩 보게 해주세요

엔딩 보게 해주세요

ⓒ 김보영 김성일 김인정 김철곤 전삼혜

2020년 5월 5일 1판 1쇄 발행
2021년 4월 30일 1판 2쇄 발행

지은이	김보영, 김성일, 김인정, 김철곤, 전삼혜
펴낸이	한기호
기 획	김보영
책임편집	도은숙
편 집	정안나, 유태선, 김미향, 염경원, 김은지, 강세윤
디자인	김경년
마케팅	윤수연
경영지원	국순근
펴낸곳	요다
	출판등록 2017년 9월 5일 제2017-000238호
	주소 04029 서울시 마포구 동교로 12안길 14 삼성빌딩 A동 2층
	전화 02-336-5675 팩스 02-337-5347
	이메일 kpm@kpm21.co.kr 홈페이지 www.kpm21.co.kr

ISBN 979-11-90749-00-8 03810

하이퍼리얼리즘 게임소설 단편선

엔딩 보게 해주세요

김보영
김성일
김인정
김철곤
전삼혜

요다

차례

저예산
프로젝트

김보영

SF 작가. 1998년부터 2004년까지 팀 가람과바람에서 여러 게임을 만들었고 2004년부터 소설을 썼다. 소설가가 된 이후로도 2016년까지 종종 게임 시나리오·기획의 자문과 외주를 했다. 작품 및 작품집으로 『멀리 가는 이야기』, 『진화신화』, 『저 이승의 선지자』, 『당신을 기다리고 있어』 등이 있고, 『이웃집 슈퍼 히어로』, 『다행히 졸업』, 「토피아 단편선」 등을 기획했다.

허공에 시커먼 구멍이 나타났다.

정확히 말하면 사람 키만 한 검은 타원이 땅에서 한 뼘 정도 위치에 떠올랐다. 펫장 하나로 만든 오브젝트지만 사람의 눈은 검은색을 '빛이 없다'고 보고 '구멍'으로 인식하니까. 흔한 기법이다.

잠시 후 와장창 깨지는 소리와 함께 구멍 안에서 사람이 데굴데굴 굴러 나왔다. 등에 활 통을 메고 허리에는 장검을 차고, 사극에서 보던 무사 복식 비스무레한 옷을 입은 여자애였다. 남청색 옷은 지저분했고 이마와 뺨에는 생채기가 있었다. 분장이려니 싶었지만 흐릿해서 확인은 되지 않았다. 화면을 뿌옇게 하는 것도 흔한 기법이다. 세밀한 부분이 가려지니 그래픽이 어설퍼도 대충 넘어가게 된다.

나온 녀석은 굳이 한 번 더 데구루루 재주넘기를 하고는 숨을 헐떡이며 주위를 두리번거렸다.

"여… 여긴 어디냐!"

'구미도서관 마당이다.'

나는 한 손에는 김이 모락모락 나는 오뎅 국물이 담긴 종이컵을 들고 한 손에는 꼬치 오뎅을 들고 우물거리며 생각했다. 분당구 아홉 개 도서관 중에는 소박한 도서관이며, 오리역과 미금역 사이에 자리한 작은 녹지 한가운데에 자리하고 있지.

무사는 나를 보자마자 필요 이상으로 놀라더니 용수철처럼 뒤로 튀어 나가며 거칠게 칼을 뽑아 들었다. '챙' 하는 소리가 유난히도 쩡쩡해서 나는 이펙트 볼륨을 살짝 줄였다.

"너는 누구냐! 여긴 어디야!"

목소리 한번 쩌렁쩌렁하네. 이 친구 지금 몇 살일까. 10대 후반일까. 많이 봐줘야 20대 초반이다. 얼마에 고용했으려나. 게임 배우 지망생 시절에 꼬셔서 밥 한 끼 주고 계약했을 가능성도 없잖아 있었다.

"네 이 노옴! 신라국 놈이냐? 사부님을 어디로 끌고 갔어? 말해!"

소녀 무사는 다시 기운차게 일갈하며 검을 들고 나를 향해 돌진하더니 코앞에서 불에 탄 재처럼 파스스 사라졌다. 무사가 사라진 방향에 있는 자전거 보관소를 보고 있자니, 구미도서관을 배경으로 새하얀 고딕체 자막이 올라갔다.

<프롤로그>

으슬으슬한 오후였다. 수능이 끝나 부쩍 추워진 데다 황량한 뒷산에서부터 칼바람이 불어대고 있어 야외 게임 하기 좋은 날은 아니었다.

그래도 저쪽 정자에는 아까부터 주기적으로 중고딩 애들이 옹기종기 모여 주문을 외우고 변신 동작을 한 뒤 흩어지고 있었다. "심연이 어쩌구 사랑과 정의가 어쩌구!" 사실 좀 전에 선글라스 쓰고 팔뚝에 문신한 아저씨들이 오토바이를 떼로 몰고 와서는 "심연이 어쩌구!" 하며 우렁차게 기합을 날리면서 군무를 추고 갈 때엔 제법 장관이었다. 이달에 출시한 인기 게임 <마법소녀 루루엘>의 퀘스트 스팟이다. 저기서 새 코스튬을 얻을 수 있다.

퀘스트 장소에 새 건물이 서거나 건물이 사라지는 불상사를 막기 위해 게임 스팟은 보통 공공 기관에 만든다. 구청이나 시청 광장, 유적지나 도서관. 규제가 심했던 적도 있는데 요새는 지자체에서 관광객 유치나 지역 홍보 사업으로 장려하고 있어 게임 회사에서 장소 섭외하기가 어렵지는 않은 편이다.

'근데 질문을 했으면 답을 듣고 죽여야지 바로 죽이면 안 되지 않나?'

하고 내가 오뎅 국물을 호로록 마시며 생각하는 사이 '프롤로그' 글씨가 흩어지고, 저쪽 쓰레기통 근처에서 '시나리오 이세연'이라는 글자가 떠올랐다. 그리고 '이세연'을 박살 내며 아까의 그 무사가 다시 기세 좋게 굴러 나왔다. 열연이다.

아까와는 다르게 붉은 옷이었고 상처의 위치도 달랐다. 그에 더해서…, 나는 새삼 경탄했다. 소녀는 나이가 들어 있었다. 어린 애라 바로 알 수 있었다.

'이딴 게임에 배우를 여러 해에 걸쳐서 섭외를 하다니.'

아니면 오래 섭외한 김에 짠 시나리오일 수도 있다. 상황에 시나리오를 맞추는 건 이세연의 특기였으니. 굴러 나온 녀석은 주위를 획획 돌아보더니 소리를 높였다.

"여긴… 그래, 기억이 나, 그래, 재작년 봄이었어. 그때도 여기에 왔어. 여긴 어디지? 다른 세계인가?"

'보통 사람이 생각을 저렇게 큰 소리로 또박또박 말할까?' 하고 생각하는 차에 눈이 마주쳤고, 녀석은 기겁하며 소리쳤다.

"너…, 너! 그래, 기억나, 기억난다! 그때도 네가 여기 있었어. 넌 누구야?"

그와 함께 눈앞에 텍스트 창이 떠올랐다.

당신의 이름을 말해주세요 :

내가 이름을 말하니 무사가 귀 따갑게 소리쳤다.

"이름 따위를 알고 싶은 게 아니야! 여긴 어디고 넌 뭐 하는 놈이야?"

1. 너야말로 누구냐?

2. 여긴 한국이고 분당구 구미도서관이야.

3. 어디 다쳤어? 내가 도와줄까?

4. 시끄러워 죽겠네, 꺼져!

흠, 챗봇 기능은 뺀 모양이다. 전엔 너도나도 넣었는데 요새는 많이들 뺀다. 원래 고릿적 어드벤처 게임도 모든 명령어를 다 입력할 수 있었다. 〈미스테리 하우스〉라든가, 〈킹스 퀘스트〉라든가. 하지만 곧 정해진 선택지를 주거나 일방향 시나리오를 주는 방식으로 바뀌었다. 개발자가 생각한 정확한 선택지를 찾을 때까지 매번 수백 종류의 말을 쏟아내고 싶어 하는 사람이 누가 있겠나.

매뉴얼에 의하면 세 번째 선택지는 호감도 플러스 5포인트를 받는다. 로맨스 엔딩을 보고 싶으면 대충 그런 방향의 선택을 하는 게 좋다고 나와 있다. 네 번째 같은 선택지를 세 번 연속 고르면 배드 엔딩이 뜬다. 사실 현실이라면 허공에서 사람이 튀어나왔는데 3, 4처럼 대응하는 사람도 범상치 않다 싶지만.

소녀 무사가 나와 눈싸움을 하는 동안 배경 음악과 함께 그 녀석 머리 위로 타이틀이 떴다.

〈시간 방랑자〉

여자가 주인공인 게임은 여성향일까, 남성향일까? 게임 주인공은 유저가 이입하는 대상인가, 아니면 욕망하는 대상인가? 누구에게 어느 쪽이 작용할지 알 수 없으니 정석은 두 성별을 다 내놓는 것이다. 초창기 게임들은 모두 이 원칙을 지켰다. 하지만 한 명밖에 구현할 수 없다면 어느 성별이어야 하나?

이세연은 게임 시나리오는 늘 전 인류를 독자로 가정해야 한다고 했다. 한국에서는 이미 구닥다리가 된 게임이 10년이나 20년 뒤, 이제 막 증강현실이 보급되기 시작한 어느 작은 나라의 무슨 종교를 가진 어떤 성별의 아이가 하게 될지 모르는 일이다. 그러니 게임은 성별과 인종과 국적을 초월하여 편견 없는 이야기를 해야 하며, 게임 주인공은 고루하다고 해도 좋을 법한 무난하고 보편적인 윤리관을 가진 인물이어야 한다. 그리고 어떤 팀장도 사장도 투자자도 그런 것을 신경 쓰지 않기 때문에 시나리오 작가 혼자 그 문제를 고려해야 한다고 했다. 더해서 시나리오 작가가 그 문제를 고려하지 않으면 그 게임은 어느 이상 팔리지도 않고 수출도 되지 않지만 어떤 팀장도 사장도 투자자도 그 사실을 모른다고 했다.

한가한 소리다. 게임이 그런 종류의 무엇이 아닌 지는 오래되었다. 이제 게임은 헐벗은 여자 그림 하나 얻겠다고 수천만 원에서 수억 원까지 부어대는 극단적인 성향을 가진 극소수의 VIP를 대상으로 하는 질척한 사업이 되었는걸.

*

내가 이세연의 게임을 처음 접한 건 열 살 때였다.

전국 초등학교에 게임 금지령이 내린 해였다. 그해에 어떤 애가 게임을 하다 죽었다던가 그랬다. 머리 위에 철골이 떨어지는 것을 보며 손을 올려 장풍을 쏴서 막으려 했다고 했다. 재난 게임의 이벤트인 줄 알았다는 거다. 죽은 애가 어떻게 자기가 죽은 이유를 말했는지는 모를 일이지만 아무튼 당시 독재자였던 대통령이 유소년 전면 게임 금지령을 내려버렸다.

갖고 놀던 장난감을 다 빼앗기고 기갈에 허덕이던 나는 검열의 폭풍이 미치지 않는 너절한 인디 게임을 닥치는 대로 뒤적이기 시작했다. 이세연의 게임이 그 사이에 있었다.

그 게임은 처음에 깔았을 때엔 아무 일도 없다. 실행도 안 되는 흔한 가짜 게임이려니 하고 지내다 보면, 불시에 주변에 이상한 메시지 창이 뜬다.

처음에는 글자를 알아볼 수 없지만, 암호 풀이표를 찾으면 우리말로 변하고 구조 신호라는 것을 알 수 있다. 평행 어쩌구 세계에서 차원 통신 어쩌구를 통해 우리 세계로 구조 요청을 하는 아이들이 있다는 설정의 게임이었다.

기계가 지배하는 세계에서 애들은 감시 로봇의 눈을 피해 수시로 내게 구조 신호를 보낸다. 그때 내가 어떻게 대응하느냐에 따라 살아남는 아이들의 숫자가 달라진다. 처음에는 몰살 엔딩밖에 볼 수가 없는데, 그들 중 첩자가 숨어 있다는 것을 한 번 이상 엔딩을 보기 전에는 절대로 알 수 없기 때문이다. 열 번쯤은 엔딩을 봐야 내가 가장 먼저 살렸고, 그 후 내내 마음을 주고받았던 아이가 첩자라는 것을 알게 된다.

첩자의 눈을 피해 간신히 다른 아이들을 다 구하는 엔딩을 본 뒤에는, 처음부터 아이들에게 배신자를 알려주는 새 시나리오가 열린다. 그때 한 명 한 명의 비밀을 말하며 내가 그들과 무수한 시간을 겪은 사람이라는 것을 증명해주면 간단히 해피 엔딩에 이른다.

나는 그 엔딩을 백 번쯤 보았다. 그리고 백 번쯤 본 뒤에야 숨겨진 엔딩이 있다는 것을 알게 되었다. 그 엔딩을 발견한 날은 지금도 기억이 생생하다. 늘 깔고 앉던 낡은 방석 아래에서 미지의 세계로 들어가는 통로를 발견한 기분이었다. 같은 루트에서 첩자를 알려주지 않고 진행하다 보면 그 애가 아이들을 배신하지 않도록 설득하는 새 시나리오가 열린다. 난이도가 엄청나며, 모든 루트를 다 기억하고 있어야 깰 수 있다. 그제야 비로소 첩자를 포함하여 모든 아이들을 다 살릴 수 있다.

그리고 이 모든 이야기에 쓴 그래픽은 메시지 창 하나뿐이었다.

그게 혼자 만든 게임이고 만든 놈이 중학생이라는 사실이 알려지자 우리는 모두 그놈이 미친놈이라는 결론에 이르렀다. '놈'이 아닌 줄은 한참 뒤에야 알았지만.

그 게임이 우리 사이에서 한 차례 대유행을 하고 나서야 스토리가 아주 독특한 건 아니라는 말이 돌았다. 〈카마이타치의 밤〉, 〈검은방〉, 〈섀도우 오브 메모리즈〉, 혹은 거기서 파생한 온갖 고전 게임 클리셰의 교묘한 짜깁기라는 거였다. 사실 그 정도 짜깁기에 그 정도 볼륨이면 창작이라고 해도 좋겠지만, 무언가를 생산하는 능력이 없어 오직 파괴에만 창조력을 쏟아붓는 애들은 그때나 지금이나 많았다.

그 게임은 이런저런 민원 폭탄을 받다가 유소년 금지 게임이 되었고 이후에는 아예 금지되었다. 엔딩 대부분이 애들이 비참하게 죽는 결말이고 만든 사람이 미성년이라는 이유였다. 그렇게 그 게임은 우리들 앞에서 사라졌다.

내가 이세연의 게임을 두 번째로 만난 건 중학생 때였다.

그 시절에는 '학교괴담' 시리즈가 유행했다. 원래 게임 기술이 한 단계 진보했을 때 가장 먼저 나오는 건 성인 아니면 공포다. 허접하게 만들어도 성인 게임은 어째저째 사는 사람이 있고 허접하게 만들면 다 어째저째 공포가 된다.

학교괴담 시리즈는 17편까지 나왔고 외전도 여럿이다. 수업 시간 중 천장에서 피가 뚝뚝 떨어진다든가, 창문에서 피에 젖은 손이 나타난다든가, 식당 구석에서 돌연 귀신이 튀어나오거나 하는 게임이다. 새 괴담 시리즈가 출시될 무렵의 학교는 여기저기서 비명을 지르거나 자지러지는 학생들로 넘쳐났다. 학생회에서는 '지루한 학생 생활에 자극을 주어 우울증을 없애주고 잠깨는 데도 도움이 된다'는 유의 진지한 토론회가 열렸다. 그땐 좀비 게임도 대인기였는데, 점심시간에 운동장을 보면 아우성치며 이쪽에서 저쪽으로 도망 다니는 바보들을 볼 수 있었다. 그러다 좀 지나면 레벨업해서 허공에 총질을 하고 대포를 쏘아대는 레벨업한 바보들을 볼 수 있었다. 이것도 학생회에서는 '매일 적당히 운동을 하게 해주는 교육적인 게임'이라는 내용의 토론회가 열렸다.

이세연의 게임은 당시 쏟아져 나온 학교괴담 짝퉁 인디 게임 중 하나였다. 나는 평상시처럼 커뮤니티에서 대량으로 무료 게임을 다운받고 몇 분 하다 지우는 일을 반복하던 참이었다.

그 게임은 학교 사물함에서 "오늘 방과 후 1학년 3반 맨 뒷자리로 와줘"라고 쓰여 있는 낡은 카드를 발견하는 것으로 시작한다. 방과 후라니, 나는 눈을 의심했다. 게임이 무려 하루를 시간 단위로 쓴다고?

나는 반신반의하며 그날 수업이 끝나고 1학년 3반에 갔고 제일 뒷자리에 앉아 있는 여자애를 발견했다. 딱 봐도 그림 한 장으로 만든 썰렁하기 짝이 없는 이벤트였다.

소녀는 나와 몇 마디 인사를 나누고는 다음 날 만나자며 사라졌다. 뭐 이런 어처구니없는 게임이 다 있나 싶었지만 나는 중학교 다니는 내내 방과 후면 1학년 3반에 들렀다. 나와 같이 1학년 3반에 들르는 친구들도 만났고 걔들과는 지금도 만난다. 그 게임의 퀘스트 장소는 학교마다 다 달랐는데, 만든 (미친)놈이 위성지도를 보고 수동으로 전국 3,000여 개 중학교에 일일이 세팅을 했다는 소문이 돌았다.

소녀 귀신이 매일 이 시간에 나타나는 이유는 짝사랑하던 급우와의 약속 때문이다. 그리고 게임을 깨다 보면 어느 시점에서부터 불시에 산산조각으로 파괴된 학교의 영상이 눈앞에 나타나기 시작한다. 사진 한 장을 시야에 뿌려 만든 이벤트지만 효과는 꽤 좋았다.

더해서 그 애의 한을 풀어주지 않으면 이 학교가 저주로 부서지고, 그게 세계 멸망의 시작이라는 것도 알게 된다. 한을 푸는 방법은 물론 소녀의 마음을 얻고 데이트에 성공하는 것이다. 그즈음에서야 알게 되는 것이다. 소녀를 성불시키고 나면, 방과 후에 매일 그 애를 만나던 일상은 영영 사라지고 만다는 것을.

그 후 나는 게임을 만든 사람을 찾아다니기 시작했다. 게임팀 홈페이지를 다 뒤져서 아이디로 검색을 돌렸고, 같은 아이디의 쇼핑몰 문의 댓글에서 이메일을 알아내서는 SNS와 그 SNS에 연동된 다른 SNS를 찾아내었다. 나는 이후 내내 이세연의 모든 계정의 숨겨진 팔로워로 살았다. 그 녀석을 찾느라 내가 어린 나이에 코딩을 배웠다.

실제로 이세연을 만난 건 몇 년 뒤 부산 G스타 부스에서였다. 나는 컴공과에 입학한 새내기였고 이세연은 이제 막 게임 회사에 들어간 신출내기였다. 부스 구석에서 폰만 들여다보고 있던 이세연이 고개를 들어 나를 쳐다보았을 때, 돌덩이처럼 굳은 내가 어버버하다 내뱉은 첫마디는 왜 당신의 모든 이야기는 세계 멸망이냐는 것이었다.

이세연은 세상없는 찐따를 만난 눈으로 나를 살피다가 느릿느릿 답했다. 그건 말이지…. 추리 소설이 언제나 살인 사건이어야 하는 것과 같은 이유야…. 살인 정도의 무게가 아니면 독자가 책 한 권 분량을 다 읽게 만들 수 없는 것처럼… 세계의 멸망 정도가 아니면 수백 시간이나 유저를 붙잡을 수 없어….

이후 나는 매일 그 회사 홈페이지를 클릭하며 신작이 나오기만을 기다렸다. 나올 때마다 사전 구매해서 플레이해보았지만 이세연은 게임에 참여하지 않았다. 첫 NPC가 입을 떼자마자 알 수 있었다. 그게 이세연의 대사가 아니라는 것을. 나중에야 이세연이 회사에 다니는 내내 속한 프로젝트마다 엎어지면서 게임을 하나도 내지 못한 줄을 알았다. 그 녀석은 '시나리오가 왜 이리 길어' 혹은 '요새 누가 시나리오를 읽어' 혹은 '한국인은 경쟁하고 싸우는 것밖에 안 좋아해'라는 말밖에 할 줄 모르는 팀장 밑에서 아무도 읽지 않는 시나리오 다발만 산더미처럼 만들다가 하드를 포맷해버리고 뛰쳐나왔다고 했다.

회사를 나온 이세연은 대출 빚을 당겨 작은 회사를 차렸다. 나는 그 게임도 나오자마자 플레이했지만 도저히 진행을 할 수가 없었다. 시작한 지 10분 만에 튕겼고 모든 이벤트에서 버그로 진행이 막혔다.

나는 이세연이 완전히 망한 게 내게는 하나의 기회라고 생각했다. 게임 서비스를 접는다는 기사를 본 날 당장 울산에서 기차를 타고 올라가 다짜고짜 이세연의 회사로 쳐들어갔다. 나한테는 컴공과 졸업장 외에는 경력이고 뭐고 없었지만 직원이 다 탈주한 이세연은 죽은 눈을 하고 순순히 나를 받아들여주었다. 입사 첫날의 내 업무는 담보로 날아간 이세연네 집 물건을 쥐구멍만 한 오피스텔로 나르는 일이었다. 그래도 처음에는 그래픽 직원이 하나는 있었는데, 난민촌 같은 오피스텔에서 한 달간 한마디도 하지 않고 포트폴리오만 만들다가 야반도주해버렸다. 이후 회사가 망할 때까지 이세연의 팀원은 나 하나였다.

그렇게 나는 이세연의 종말을 함께했다. 여러 가지 의미로 그랬다. 열정과 팬심이 친분으로 변하고, 친분이 형편없는 일상으로, 그 형편없는 일상이 청춘의 낭비와 착취라는 깨달음으로 변하며 다툼과 결별로 이어지기까지.

*

"그렇군…. 이제 알겠어. 그 이상한 도사가 나를 도망치게 해준다고 했는데, 그게 이계로 전송시켜준다는 말이었군."

구멍에서 튀어나온 '홍운'이라는 이름의 소녀 무사는 묻지도 않은 말을 조잘조잘 지껄였다.

'이래서 내가 야외 게임은 싫다고 했는데.'

나는 구미도서관 앞마당에서 담배를 뻑뻑 태우며 다리를 패딩 안에 넣고 쪼그려 앉아 오들오들 떨며 생각했다. 퀘스트를 깨느라 도서관 주변을 30분쯤 돌았더니 손이 다 곱았다.

"그리고 네가 사는 세계와 우리 세계는 시간의 흐름이 다른 모양이야. 내가 널 처음 만난 건 2년 전이었어. 그런데 넌 겨우 몇 분 전이라는 거지."

여전히 묻지도 않은 말을 열심히 떠든다. 뭐, 초기 설정은 알려줘야 하니까. 옆에서 어린애들 둘이 행복한 얼굴로 허공을 쓰다듬으며 재잘대면서 지나갔다. 공룡이겠지. 트리케라톱스나 티라노사우루스, 아니면 벨로시랩터. 어릴 땐 다 공룡을 키우니까. 그러다 공룡이 점점 자라 그래픽이 시야를 가릴 때쯤이 되면 상상 속 친구와의 일상을 때려치우며 유년 시절과 안녕을 고하지.

초반 전개는 좀 훑어봐서 안다. 곧 나는 미래에서 온 홍운을 만나게 된다. 크게 다쳐 죽기 직전의 홍운, 내가 모르는 나와의 무수한 추억을 간직하고 있는 홍운을. 신뢰와 애정을 가득 담은 눈으로 내게 자신과 자신의 세계, 그리고 내 세계를 구해달라고 할 거다. 그래, 언제나 세계 멸망이지.

이후 이 게임에는 시간 여행에서 일어나는 온갖 패러독스가 다 일어난다. 이세연은 시간 여행을 좋아했는데, 소스 하나를 닳도록 쓸 수 있어서였다. 홍운을 도와준 늙은 도사는 미래에서 온 홍운 자신이고, 적이라고 생각하고 계속 의심해온 주변의 장수는 훗날 이계로 넘어간 나 자신이다. 이벤트 순서가 뒤섞이기 때문에 유저는 처음에는 인과 관계를 착각하여 실수를 한다. 실패를 반복하며 이벤트를 어느 정도 모은 뒤에야 정확한 순서를 알 수 있고, 무작위로 보았을 때에는 찾을 수 없었던 단서가 드러난다.

그리고 이 게임에서 이세연이 쓴 그래픽은 배우 하나뿐이었다. 그 녀석은 마지막까지 가난했으니까.

"그래. 네가 보여준 능력들을 보니 이제 믿겠어. 여기가 이세계고, 어쩌면 내 미래의 세계라는 걸 말야."

홍운이 눈을 초롱초롱 반짝이며 말했다. 물론 '내가 보여준 능력'이란 이 이벤트를 열기 위해 했던 온갖 개노가다를 말한다.

내 등 뒤에서는 중학생쯤으로 보이는 친구가 담벼락의 그을음을 보며 진지한 얼굴로 읊조리고 있었다. "아, 그래. 원한이 깊어서 성불할 수가 없다고…. 그래, 내가 어떻게 도와줄까?"

"자, 그러면."

홍운은 자리에서 앉았다 일어났다를 하고 한 번 팔딱 뛰고는 말했다.

"이건 신이 주신 기회야. 넌 신께서 우리를 위해 내려보낸 구원자가 틀림없어. 너, 우리나라가 전쟁에서 이길 수 있도록 도와줄 수 있겠니?"

1. 기꺼이 그렇게 하지.

2. 아니, 싫어.

3. 너를 위해서라면.

4. 내가 왜 그래야 하는데?

당연히 1이지. 게임을 계속하려면. 3은 호감도를 추가하겠지만 진엔딩 루트로 보이지는 않는다. 2는 배드 엔딩으로 이어질 거고 4는 단순히 호감도를 깎는 용도일 거다.

이런 게임을 하는 방법은 둘이다. 가장 안 좋은 선택을 거듭해 길이가 짧을 것이 분명한 배드 엔딩을 하나하나 다 보면서 가거나, 아니면 개발자의 의도대로 최선의 선택만을 하며 가는 방법. 나는 배드 엔딩이나 하나 보고 가자는 마음에 2를 택했다.

홍운의 얼굴에 실망감이 들어찼다. 재연 배우의 부족한 연기력을 메우기 위해서 '쿠웅' 하는 소리가 들리며 주위가 스산하게 어두워졌다.

"왜?"

그리고 다시 선택지가 떴다.

1. 난 역사에 관여할 마음이 없어.

2. 너와 싸우고 있는 그 나라에 공정하지 않은 일이니까.

젠장, 나는 담배를 밟아 끄며 일어났다. 배드 엔딩이 아니야. '분기'다. 신념의 충돌, 서로 다른 윤리관의 충돌. 게다가 아직 게임 초반이니, 비슷한 볼륨의 완전히 다른 시나리오로 가는 선택지다.

나는 새 담배를 꺼내 물었다. 이세연의 시나리오를 수도 없이 본 체험에 의하면 두 번째 시나리오의 감흥은 떨어진다. 결국 나는 가장 처음에 한 시나리오를 내 체험으로 받아들이게 될 거다. 어느 쪽이 더 재미있을까? 다시 말하면, 이세연은 어느 쪽을 더 공들여 썼을까? 그 녀석은 장르를 바꾸는 것도 서슴지 않고, 잔인하거나 호러에 가까운 루트도 거침없이 집어넣는다. 그게 그 녀석이 늘 마이너했던 점이기도 했지만. 뭘 고르지?

어쨌든, 지금은 2다. 그게 더 윤리적이고 선량한 답변이니까. 더 깊이 생각한 대답.

이세연은 늘 그런 선택지에 더 재미있는 시나리오를 배치해야 한다고 했다. 그래야 아이들이 그 선택으로부터 배울 수 있다고.

선량한 선택이 더 나은 결과를 가져오리라 믿게 된다고. 마찬가지로 팀장도 사장도 투자자도 아무도 생각하지 않는 문제라, 시나리오 작가 혼자 생각해야 한다고 했다.

*

"주인공이라는… 기분을… 갖게 해주는 거야."

이세연은 식탁이자 작업대에 앉아 무서운 속도로 타자를 치며 느릿느릿 말했다. 이세연은 말보다 타자가 빨랐는데, 가끔 보다 보면 언어 중추가 손가락에 있는 게 아닌가 싶었다.

"그게… 게임의 본질이야."

"게임 주인공이 다 주인공이지 뭐 다른 게 있나."

나는 우리 사무실에 있는 하나뿐인 침대에 누워서 말했다. 침대가 하나라서 그 침대를 밤에는 이세연이, 낮에는 내가 썼다. 그러다 내가 비쩍비쩍 마르기 시작하니 이세연이 유일한 팀원을 잃을 위기감에 겁이 났는지 1년 뒤에는 한 달 간격으로 낮밤을 바꾸기로 했다. 자연히 대표도 한 달 간격으로 바뀌면서 우리는 공동대표 체제가 되었다. 낮에 깨어 있는 쪽이 전화를 받고 외부 업무를 해야 했기 때문이다. 침대 하나 살 돈이 없어서 대표 자리를 반 빼앗긴 이세연은 이틀 정도는 자괴감에 빠져 지냈지만, 별꼴

다 보고 산 한국의 흔한 청춘답게 금방 털어버렸다.

"아니야, 달라. 다른 매체의 독자는 수동적인 구경꾼에 불과해. 하지만 게임은 달라. 바로, 내가, 주인공이야… 진짜… 주인공이라고. 모든 일이 직접 나에게 일어나는 일이라고. 그 느낌을 구현하지 못했다면 게임이라고 말할 수도 없어."

이세연이 말하는 '직접 일어나는 일'인 것처럼 느끼게 만드는 법칙은 수없이 많았다. 유저가 멍하니 화면을 지켜보는 시간은 5분을 넘지 않게 할 것. 단순하게라도 주기적으로 조작과 선택을 하게 할 것. 선택지를 줄 때에는 반드시 둘 중 하나는 조금이라도 더 좋은 것이도록 할 것. 무엇이 더 좋은 선택일지에 대한 정보는 충분히 주어져야 하며, 정보를 제공하지 않았다면 그 선택으로 큰 피해나 이득을 받는 일은 없도록 할 것. 단지 다양한 시나리오를 보여주는 데에 그칠 것. 몇 가지 선택은 운명을 크게 바꾸어야 하고, 엔딩은 충분히 많아야 하며 가장 만족스러운 엔딩을 얻기 위한 경로는 가장 어려워야 한다. 그리고 적어도 하나의 엔딩은 해피 엔딩이어야 한다. 왜냐하면 수백 시간의 플레이에 대한 보답은 비극이어서는 안 되기 때문이다. 요약하면, 절대로, 유저를 게임에서 소외시키지 말 것.

"선택지가 중요하네. 쌍방향 스토리란 말이지, 인터랙티브 시스템. 능동적인 개입, 그게 주인공이라는 기분을 준다는 거지?"

"아냐, 아냐. 선택이 아냐. 선택은 아무것도 주지 않아."

이세연은 진중한 얼굴로 말했다. 오타쿠의 감으로 알 수 있었다. 지금은 함부로 말을 덧댔다가는 영영 관계가 아작 나버리는 '나의 게임은 그렇지 않아…'의 순간이라는 걸.

"선택지가 나타나는 순간에 알게 되는 거야. 내가 앞에 놓인 모든 갈림길을 다 볼 수 있다는 걸."

"그게 무슨 뜻이야?"

나는 비웃거나 의심하는 티를 내지 않으려 조심하며 물었다.

"우리 인생도 선택으로 가득해. 하지만 그래 봤자 내가 내 인생의 주인공이란 생각은 들지 않는다고. 왜냐하면 어차피 평생 갈 수 있는 길이 하나뿐이라면 결국 안전한 선택을 할 수밖에 없으니까… 영웅적인 선택도 바보스러운 선택도 할 수가 없어. 원하지 않는 길을 어쩔 수 없이 가야 한다고. 그렇게 우리는 다 자신의 인생에서 소외되는 거야… 하지만 게임은 그렇지 않아. 선택지가 나타났을 때 알게 되는 거야. '나는 저 모든 길을 다 갈 수 있겠구나.' 세계의 이면을 다 보고, 모든 가능성의 경로와 결과를 다 볼 수 있겠구나… 그걸 알게 되는 순간 내 게임을 하는 사람은 세계의 주인공이 되는 거야. 그게 바로 게임이야. 그게 진짜 게임 시나리오라고."

처음부터 알고 있던 사실이었지만, 게임은 이세연의 이데아였다. 소설도 영화도 만화도 드라마 각본도 아닌, 게임이 이세연이 추구하는 스토리텔링의 정점이었다. 문학이 체험이라면, 게임이 야말로 진정한 '체험'이라 할 수 있다. 선택하고, 참여하며, 개입하고, 모든 길을 다 가본다.

비극적인 점은 이세연이 신앙처럼 추구하는 스토리는 회사에 돈을 벌어다 주지 않았다는 것이다. 하다못해 재미조차 회사에 돈을 벌어다 주지 않았다. 끔찍하도록 지루하고, 밸런스가 형편 없이 망가뜨려져 있고, 좋은 결과는 선택이 아닌 극단적으로 낮은 운에 의지하며, 수천만 원을 쏟아부어야 겨우 적절한 밸런스를 찾을 수 있는 그런 게임들이 회사에 돈벼락과 빌딩과 부동산을 안겨주었다.

*

2번 선택지는 꽤 난이도가 있었다.

첫 이벤트가 끝나자마자 옆에 나를 노려보는 홍운의 흐릿한 그림자가 나타났다. 이번에는 하얀 옷이다. 대화도 되지 않고 다른 이벤트도 없다. 나중에야 그 친구가 미래에서 온 홍운의 환영이라는 것을 알게 되었다. 그것도 '내가 배신을 때리고 자기 나라를 멸망시킨 미래'에서 온 홍운이다. 어딜 가든 옆에서 따라다니는 것을 보다 보면 그래픽이라는 것을 알면서도 순간순간 섬뜩했다.

실수를 계속할수록 그 홍운이 점점 나를 공격하려는 자세를 취하고, 모습도 점점 분명해진다. 슬슬 없애고 싶은데 이미 호감도가 많이 깎인 뒤라 좋은 선택지가 잘 나오지 않았다.

게다가 홍운의 차원 이동 문을 우연히 발견한 신라국의 왕녀가 등장해 마찬가지로 내게 도움을 요청하면서 윤리 문제는 한층 복잡해졌다. 물론 세연에게 배우를 하나 더 살 돈은 없었으니 이쪽 왕녀는 목소리로만 나타난다. 당연히 홍운 배우의 목소리다. 아무튼 소스 하나 돌려 막는 꼼수는 알아줘야지.

1. 어느 쪽이 이기는 건 내게 중요하지 않아.

중요한 건 백성의 피해를 최소화하는 거야.

다른 선택지는 없다. 아무래도 지금 내겐 '혼돈 선' 인격이 부여된 모양이다. 순순히 홍운을 도우려 들지 않는다. 홍운은 내 말에 불만스레 대꾸했다.

"그러려면 어떻게 해야 하는데?"

1. 전쟁을 빨리 끝내도록 돕겠어.

2. 신라국과 화평하는 건 어때?

3. 도와주면 뭘 해줄 건데? 뭐든 시키는 대로 할 테냐? 흐흐흐.

4. 네가 죽어주면 간단히….

3 이하는 넘기고. 안 그래도 없는 호감도를 더 깎을 수는 없지. 2를 선택해보았지만 비웃음만 되돌아왔다.

하긴, 화평을 하기에는 아무 계기도 없다. 홍운은 예전에는 왕비를 주로 배출한 명문가의 자제지만, 지금은 왕권이 강화되면서 가문이 몰락한 처지였다. 게임을 진행하려면 미래의 지식을 조금씩 전하는 것으로 홍운의 지위를 올려야 했다.

*

홍운을 연기한 배우도 딱 한 번 본 적이 있었다.

나도 이세연도 생활비를 벌기 위해 게임 개발을 중단하고 각기 다른 회사 외주를 뛰던 무렵이었다. 이세연은 주로 망하기 직전이나 망할 것이 뻔한 게임에 불려 가 도저히 눈뜨고 봐줄 수 없는 시나리오를 뜯어고치는 일을 주로 했다.

팀의 공동대표로서 나는 이세연의 불평불만에 추임새를 주는 업무를 충실히 수행했다. '왜 하나같이 여자를 민폐 덩어리에 억지만 쓰고 방해만 되는 똥멍청이로 만들어놓는 거야?' '그러게.'

'주역이 똥멍청이면 남자가 좋아해, 여자가 좋아해? 캐릭터가 욕을 먹으면 게임은 욕을 안 먹어? 왜 이딴 식으로 쓰는 거야? 정신병리적 마조 성향인가?' '좋구나.' 그러고는 '마녀 같은 여자'는 '정열적이고 당찬 여자'로, '백치 같은 여자'는 '세상의 선함을 믿는 여자' 따위로 몰래 단어를 바꿔놓고 돌아와서는 혼자 좋아하곤 했다. 바뀐지 모를 거라고 했다. '시나리오는 아무도 안 보거든.' '얼쑤.' '내가 자기들 게임에 내 게임 퀘스트를 집어넣어도 모를 거다!' '지화자.'

저녁과 주말에 시간을 내서 우리 게임을 만들자고 했지만 그딴 계획이 그리 잘 돌아갈 리가 없어서 개발은 하염없이 미뤄지고만 있었다. 내가 일을 끝내고 돌아와보니 난민촌 같은 오피스텔 한구석에서 한 여자애가 눅눅한 시리얼을 먹고 있었다.

까칠한 인상에 주근깨가 가득하고 탄탄한 몸집의 아가씨였다. 게임 전문 액션 배우를 지망한다고 했다. 드라마나 영화에는 여자 액션 배우 수요가 없고 있어도 단역에 불과하지만, 게임 쪽은 일도 많고 온갖 판타지적인 액션을 할 수 있어 좋다고 했다.

"계약서에 대사 분량이 안 쓰여 있었어요."

그리고 '난 사기를 당했지만 내가 원해서 당했으니 조금은 주체적인 사기당함이라고 할 수 있지!'라고 말하는 듯한 눈빛으로 말했다.

"대사집이 무슨 백과사전인 줄 알았네. 솔직히 이 가격에 할 만한 일은 아닌데 나도 취미 삼아 하는 거죠."

나도 이전부터 이세연에게 사기를 당하고 있다는 기분이 들기는 했지만 내가 찾아와 당해주었으니 조금은 주체적으로 망한 인생이라고 할 수 있지, 하는 눈빛을 되돌려주며 이것저것 물어보았다.

그리고 이세연이 나 몰래, 그리고 나와 만나기 전부터 이 친구와 4년째 게임을 만들고 있다는 것을 듣고 나는 우리가 망할 줄을 알았다.

게임은 절대 오래 만들면 안 되는 물건이다. 게임은 1년이면 유행이 변한다. 책은 유사 이래로 종이에 쓰였고 영화는 유사 이래로 영화관에 걸렸지만 게임은 그렇지 않다. 1년이면 모든 기기가 업그레이드되고, 때로는 완전히 새로운 기종과 기술이 나와 패러다임이 통째로 바뀌어버린다. 개발 기간이 2년이 넘어가면 변한 기술을 뒤쫓느라 게임을 뒤엎어야 하고, 그러면서 비용이 늘고, 늘어난 비용을 회수하기 위해 점점 기획이 커지면서 비용은 점점 기하급수적으로 늘어나는 악몽 같은 늪에 빠지고 만다. 아니면 구닥다리가 되어버리든가. 이세연이 4년이나 붙들고 있었으니 이 가엾은 게임은 망할 게 분명했다.

그날 처음 만난 우리 둘은 이 게임과 서로의 가여움을 위로하며 같이 맥주를 기울였다.

*

"실례지만."

내가 골몰하고 있는데 옆에서 누가 말을 걸었다. 돌아보니 내 나이 또래의 남자가 두툼한 책가방을 메고 옆에서 쭈뼛거리고 있었다.

판교도서관 매점이었다. 내가 앉은 자리에는 "게임 스팟이라 혼잡할 수 있습니다. 게임은 조용히 플레이해주시고 음성 모드는 꺼주세요"라는 안내문이 붙어 있었다. 옆에서는 어린애가 씩씩거리며 연신 허공에다 칼을 휘두르는 시늉을 하고 있었다. 동작인식 게임은 살짝만 움직여도 된다는 걸 모르는지 땀을 뻘뻘 흘리며 성깔을 부린다.

"저요?"

"지금 〈시간 방랑자〉 하고 계신 거죠? 챕터 2, 판교도서관 퀘스트 중이고요."

나는 게임을 정지시켰다. 대기 모드가 되자 홍운은 나른한 얼굴로 주저앉아 꾸벅꾸벅 졸기 시작했다. 남자는 오래된 친구라도 만난 얼굴로 대뜸 손을 내밀었다.

"맞죠? 이 게임 하는 사람 별로 없는데 반갑네요."

남자는 더해서 "여자는 처음 봐요" 하는 군이 안 해도 될 말까지 덧붙였다. 친밀도를 높이겠다고 찾아와서는 "~하는 여자는 처음 봐요"라는 말을 덧붙이는 심리는 뭘까. 호감도를 쌓겠어요. 마이너스 20?

"이세연 게임 좋아하세요? 어떤 오따끄 해커가 이세연 클라우드 드라이브에 있는 소스를 해킹해서 마지막 게임을 인터넷에 무료로 풀었죠. 이세연 게임이 그래픽도 후지고 지금 보면 낡은 감이 있지만 시나리오는 최고죠."

그걸 푼 오따끄 해커가 바로 나다. 물론 드라이브를 해킹할 필요는 없었다. 이세연네 컴퓨터가 포장지에 잘 싸여 내 집으로 배달되어 왔으니까.

그 친구는 가방을 내려놓고 온몸으로 친근감을 표시하며 내 옆에 바짝 다가와 앉았다. 칼을 휘두르던 애가 식탁에 손을 찧고 드러누워 울음을 터트리는 소동이 벌어지는 가운데 말을 이어나갔다.

"게임하는데 방해해서 죄송하지만, 제가 지금 이 게임 3회차 플레이 중인데, 아직 못 깬 퀘스트가 있거든요. 단체 퀘스트예요."

"이세… 이딴 거지… 이런 게임에 단체 퀘가 있다고요?"

이세연은 단체 퀘스트를 안 좋아했다. 게임광들한테 친구가 있겠느냐는 게 그 녀석의 지론이었다. 유저도 없는 게임에 단체 퀘스트를 넣었다가 같이 할 사람을 찾을 수 없어 더 급속도로 망한 게임이 부지기수라고 했다. 본인이 사교성이 없는 면이 한몫 했겠지만.

"판교도서관 시청각실에 가면 사람 뼈 같은 물건이 있어요. 그게 엔딩까지도 정체가 드러나지 않죠. 하지만 13챕터의 암호를 해독하면 그 뼈가 시간의 늪에 빠져서 3,001번 회귀한 뒤 자객에게 살해당한 홍운의 시체라는 것을 알 수 있죠."

여전히 쓸데없이 마니악한 설정일세.

"그리고 우리들은 각기 다른 평행우주에서 홍운을 만난 친구고요. 세 명이 같은 시간에 동시에 희귀템을 모아야만 그 3,001번 회귀한 홍운을 살릴 수 있어요. 아직 안 깬 친구가 하나 있는데 부르면 금방 올 거예요."

그러고는 내 답도 기다리지 않고 전화로 친구를 불렀다. 집 나간 어머니라도 찾은 사람처럼 결연한 얼굴이었다. 말만 잘 섞으면 울릴 수도 있을 것 같았다. 그리고 우리는 의자 하나를 사이에 두고 죽음처럼 어색한 시간을 가졌다.

"…여러 명이 동시에 같은 게임을 하는 상황을 설명하기 위해 넣은 이벤트죠."

"뭐가 뭐라고요?"

"개연성이요. 개연성을 주는 설정이요. 몰입감을 위해서요."

그 친구는 목소리를 살짝 높였다.

"다른 사람이 나와 같은 게임을 하는 걸 알게 되면 내가 홍운의 유일한 친구고 유일한 주인공이라는 환상이 깨질 수 있잖아요. 그 환상이 깨지지 않도록 시나리오로 개연성을 만든 거예요. 평행우주 이론을 추가해서요. 물론 이 설정을 못 보고 넘어갈 수도 있지만, 하고 나면 몰입감이 생기죠."

"…."

"이세연 게임은 그런 걸 넣죠. 그래픽이 아니라 문자 몇 줄로 몰입을 시키죠. 글자만으로요. 장인 정신이랄…."

"개뿔…."

내가 무심코 말하는 바람에 그 친구는 화들짝 놀라 입을 다물었다. 세가 잘못 들었나 아니면 뭔가 잘못 말했나 눈치를 살피는 사이에 시간은 흘렀고 지옥과도 같은 어색함이 우리를 짓눌렀다.

그 친구의 친구라는 놈은 잠옷 바람이나 다름없는 옷을 입고 헐레벌떡 달려왔다. 그리고 오랜 전우처럼 또 다짜고짜 나와 악수를 하더니 AR 모드로 지체 없이 도서관 설계도를 펼쳤다.

"세 사람이 동시에 판교도서관의 각기 다른 곳에서 퀘스트를 깨야 해요. 한 명이 두 사람에게 동시에 알람을 울리는 것으로 시간을 맞출 수 있어요."

"그러면 무슨 일이 일어나는데요?"

나는 미심쩍게 물었다.

"깬 사람들 말에 의하면 우리가 홍운의 세계로 들어갈 수가 있대요."

우리는 오랜 세월 생사고락 내지는 동고동락을 한 불편한 동지처럼 서로를 마주 보았다. 나는 침묵을 깨고 소리쳤다.

"그럴 리가 없잖아요?"

"어, 우리도 그렇게 생각하지만…."

"이 게임 그래픽은 처음부터 끝까지 홍운 하나예요. 다른 세계 같은 걸 구현할 재간이 없다고요. 예산이 없었다고요. 이세연은 그림 실력은 똥망이었고."

두 오따끄는 '그렇게까지 열심히 반박할 건 없잖아요' 하는 눈빛으로 서로를 마주 보았다.

"아무튼 썰에 의하면 그래요. 스포 보지 말라고 해서 우리 둘 다 검색도 안 했어요. 그 이벤트를 보고 싶어서 도서관을 일주일간 서성이면서 이 게임 하는 사람 나타나기만 기다렸다고요."

두 낯선 동지들과 고대의 천년의 뭐시기 아이템 세 개를 찾고 받은 성령의 뭐시기 상자에는 "반드시 안전한 곳에서 열라"는 경고가 달려 있었다. 성인 인증도 한 번 해야 했고 이벤트를 시작하기 전 충분히 안정하라는 경고도 있었다.

무슨 야한 이벤트라도 넣었나 싶었지만 우리 제작 환경을 생각했을 때 그건 홍운의 세계를 구현하는 것만큼이나 어려운 일이었다.

'대체 무슨 수로 이세계에 들어가?'

나는 온갖 의문을 품은 채로 내 방 침대에 누워 이벤트를 시작했다.

그러자마자 돌연 주위가 깜깜해졌다. 전기가 나갔나 싶어 주변을 더듬는데 다급한 소리가 들렸다.

"움직이지 마!"

쩌렁쩌렁한 목소리. 이제는 친근하기까지 한 홍운의 목소리였다.

"어떻게 된 거야? 여긴 우리 세계야. 어떻게 들어온 거야?"

'에에엑?'

나는 그제야 상황을 파악했다. 이거 단순히 시야에 검은 화면을 뿌려 만든 이벤트다.

"눈이 안 보이는구나….'

어쩔씨구리.

"차원 이동의 영향인가 봐. 여긴 적진 한복판이고 우린 지금 창고에 숨어 있어. 절대 소리 내거나 움직이지 마. 그러면 들키니까."

그야, 움직이면 내 방 물건을 만지게 되고, 그러면 그놈의 몰입감이 깨지기 때문이겠지.

"괜찮아. 날 믿어."

홍운이 내 귀에 속삭였다.

"내가 널 지켜줄 테니까."

그리고 어둠 속에서 청각에만 의존해서 하는 퍼즐이 이어졌다.

난이도는 쉬웠지만 움직이거나 소리를 내면 안 된다는 상황 설정과 홍운의 조용하고 급박한 목소리가 긴장감을 유발했다. 그리고 이 이벤트는 사방에서 칼이 부딪치는 소리, 바람 소리, 비명을 지르는 사람들의 소리, 마지막으로 "어서 돌아가!" 하는 홍운의 목소리와 함께 끝났다.

시야가 열리자 나는 침대 위에 누워 있었다. 한숨을 푹 쉬며 이마를 짚었다. 긴장이 풀어지자 가벼운 허탈감이 밀려왔다.

*

내가 캐릭터를 하나 줄여야겠다고 하자 이세연은 지체 없이 주인공을 이중인격으로 바꿨다. 한 달 뒤 하나 더 줄여야겠다고 하자 주인공이 들고 다니는 칼이 말하게 만들었다. 맵을 줄여야겠다고 하자 스토리를 시간 여행으로 바꾸어 같은 맵을 다섯 번

왕복하게 만들었다. 마지막 마왕성도 못 만든다고 했을 때엔 며칠을 싸웠지만, 결국 이세연은 포기하고 씩씩거리며 컴퓨터 앞에 앉더니 그날로 '주인공은 우리 세계와 똑같은 풍경의 평행 차원으로 들어갔다'는 시나리오를 써내었다.

그래서 우리의 첫 게임은 말하는 칼과 함께 시간을 여행하는 이중인격의 성별 변환자 주인공의 이야기가 되었다. 그 게임도 얌전히 망했고 조용히 사라져갔다.

*

또 홍운을 죽이고 말았다.

피투성이가 되어 누워 있는 홍운의 모습을 몇 번째 보는 걸까. 아무리 연기라지만 "죽기 전에… 너를 한 번만 더 보고 싶어서… 왔어…"라고 말하고 축 늘어지는 홍운을 반복해서 보자니 살짝 트라우마까지 생길 지경이었다. 아무리 게임에서 가장 많이 보는 장면은 주인공이 죽는 장면이라지만.

결말에 가까워질수록 난이도가 높아진다. 역시 이 루트는 아무래도 두 번째나 세 번째에 택했어야 할 루트인 듯했다. 타임 어택 퀘스트도 많아졌고 몸을 쓰는 퀘스트도 많아졌다. 계원예고 옆 분당도서관 계단을 몇 번을 내달렸는지 알 수가 없었다. 어느 때에는 놓친 단서가 너무 많아 추리를 할 수가 없어 계속 홍운의 죽음을 반복해가며 소거법으로 맞는 길을 찾아야만 했다.

홍운은 이제 이계의 수상한 기술을 전파하는 데다가 종종 모습을 감췄다가 다른 곳에서 나타나고, 미래도 예언하기까지 하는 바람에, 왕과 주변의 질투하는 인물들로부터 첩자 혹은 요괴로 의심을 사고 있다. 홍운이 동료를 얻을 수 있는 수치인 신뢰도는 오래전부터 빨간불이다. 더 이상 홍운을 죽이지 않으려면 최소한의 개입으로 도와야 하지만, 이대로는 아무리 애써도 파멸을 막을 길이 없었다.

'처음부터 다시 해야 하나? 아냐. 이세연이 그런 난이도를 잡았을 리 없어. 어딘가 돌파구가 있을 거야.'

여왕이 된 신라국의 왕녀와 만나는 경로가 있을 것 같은데 통 길이 보이지 않았다. 이 녀석이 없는 떡밥을 넣지는 않았을 텐데. 나는 다 포기하고 안 해본 경로를 하나하나 소거법으로 지워가며 뒤져보기 시작했다.

중간에 잠시 있었던 율동공원을 한 바퀴 도는 선택지는 애초에 고려하지 않았었다. 그렇게 멀고 귀찮은 곳에 메인 이벤트를 박았을까 싶었다. 하지만 남은 길이 없는 터라 하루 날을 잡고 율동공원을 끝에서부터 끝까지 걸어보기로 했다.

날이 좀 풀려서 공원에는 게임을 하는 사람들이 종종 눈에 띄었다. 보이지 않는 연을 날리며 뛰는 아이들이 있었고 보이지 않는 요정과 같이 춤을 추는 애들도 있었다. 호숫가 벤치에 앉아 보이지 않는 고양이를 쓰다듬는 사람과 허공과 팔짱을 끼고 행복한 얼굴로 혼자 데이트를 하는 사람도 눈에 띄었다. 공원을 반쯤 걸었을 때 휘익 하고 바람을 가르는 소리와 함께 화살이 날아와 눈앞의 나무에 꽂혔다.

'이벤트다!' 하고 기뻐하며 돌아보니 상처투성이에 지저분한 옷차림의 홍운이 나를 노려보며 활을 겨누고 있었다. 화난 얼굴을 보니 기쁜 마음이 미묘하게 가라앉았다.

미래의 홍운이다. 하얀 옷을 입은 것으로 구분할 수 있었다. 나이도 더 들어 있었다. 10대 티를 못 벗었던 처음과 달리 키도 훌쩍 컸고 물씬 성숙한 티가 났다. 이 사람은 뭐 얻어먹을 게 있다고 이런 허접한 게임 알바를 이렇게 오래 했을까.

"넌 날 돕지 않았어."

홍운이 이를 갈았다. 그새 연기도 늘었다. 눈물이 그렁그렁했고 원망하는 표정이 살아 있었다.

"도울 수 있었는데."

하얀 옷의 홍운은 '나라는 망해버렸고 동료들로부터는 요괴로 몰려 쫓겨 다니는 절망적인 상황에 놓인 미래의 홍운'이다. 더해서 내가 자신을 배신해 신라국의 편에 섰다는 기억까지 갖고 있다. 선택지가 눈앞에 떴다.

1. 널 도울 이유가 없었으니까.

2. 내가 할 수 있는 일은 한계가 있어.

3. 지금이라도 도울 방법을 말해줘.

이미 내게 부여된 '혼돈 선' 인격 때문에 선택지가 영 마음에 들지 않는다. 하지만 나는 시체가 된 홍운을 그만 보고 싶었다. 게임도 깨고 싶었다. 그런데 루트를 잘못 타버렸다. 처음부터 다시 해야 하나? 플레이한 시간을 생각하면 아까운 일이었지만 방법이 없을지도 모른다.

나는 어쨌든 일단 3을 택했다.

홍운은 활을 내리고 나에 대한 적의를 감추지 않은 채로 말했다.

"그 도사가 제안을 해왔어. 네가 과거 어느 시점으로 되돌아가면 모든 것을 다시 할 수 있다더군. 네가 정말 날 도울 생각이 있다면."

좋았어, 주요 분기로 되돌아가는 이벤트로군. 오케이지.

1. 싫어.

잠깐, 싫다고? 이것뿐이야? 다른 선택지는 없는 거야? 이걸 어쩌지? 그냥 멍하니 선택지를 보는 것으로 거부해야 하나? 여기서 그만해야 하나? 도리가 없었다. 나는 선택했다. 홍운은 어이없다는 얼굴을 했다.

"어째서?"

1. 그러면 내가 알고 있는 홍운은 사라져버리잖아.

"어처구니가 없네!"

홍운은 우렁차게 고함을 쳤다.

"애초에 넌 내가 살아 있는 사람이라고 생각하지도 않잖아! 우리나라가 어떻게 되든 관심도 없잖아. 넌 그냥 게임이라도 하듯 놀고 있을 뿐이라고! 그런데 나 하나가 사라지는 게 뭐가 중요해?"

말문이 막히는 대사였다. 홍운은 팔을 추욱 늘어뜨렸다.

그리고 삐삐삐 소리가 귀에 요란하게 울렸다. 신뢰도가 빨간색에서 노란색으로, 호감도도 마찬가지로 중앙의 바를 넘어 초록색에 이르렀다. 나는 다리가 풀릴 만큼 안도했다. 홍운은 마음에 들지 않는다는 얼굴을 하고 말했다.

"중앙도서관으로 가. 신라국의 여왕이 그곳에서 너를 만났다는 기록이 있어. 거기서 다른 선택을 해줘…. 네가 할 법하지 않은 선택을."

그러고는 슬픈 얼굴로 먼 곳을 보며 말했다.

"어차피 네가 내 나라를 구하면 지금의 나는 사라져. 하지만 그건 괜찮겠지…. 난 네가 모르는 홍운이니까."

홍운의 눈이 오랫동안 내게 꽂혔다. 나는 무심코 내 뒤에 누가 있나 돌아보았다. 그럴 리 없다는 걸 알면서도.

"그리고 나도 그 정도는 괜찮다고 생각해."

홍운은 구멍 안으로 사라졌다.

버스를 타고 야탑역으로 향하는 도중에 한 떼의 고등학생들이 탔다. 그리고 자기들이 지금 게임 플레이 중인데 잠시만 소란을 양해해달라고 했다. 흔한 풍경이라 기사도 승객도 무시하며 딴청을 피웠다. 학생들은 각자 자리에 앉고는 화음을 맞춰 노래를 부르기 시작했다. 한 명이 선창하고 다른 친구들이 이어 부르는데, 어쩌나 연습했는지 화음이 기막히게 맞았다.

옆자리에 앉은 친구에게 슬쩍 무슨 게임 하냐고 물어보았다. 그 녀석은 자신의 존재 가치를 알아봐준 사람을 만난 양 환하게 웃으며 고글을 빌려주었다.

고글을 끼니 귀에서 웅장한 오케스트라 음악이 흘러나왔다. 버스는 비공정으로 바뀌었고 구름을 헤치고 무서운 속도로 질주

하고 있었다. 창밖으로는 눈부신 새파란 바다가 펼쳐져 있었고 하얀 새 떼가 우리를 쫓아 날아왔다. 학생들은 제각기 엘프와 오크, 호빗과 드워프, 각기 다른 종족의 모습으로 온갖 장비를 갖추고 앉아 신나게 떠들고 있었다.

갑자기 그들이 창밖을 보며 "오, 오" 하고 감탄사를 내뱉었다. 같이 내다보니 바다 위로 고래 떼가 눈부신 파도를 일으키며 우리를 따라 몰려오고 있었다. 고래의 등에서 물이 분수처럼 솟구쳤고 물안개가 하얗게 피어올랐다.

내 옆에 앉은 친구는 푸른 피부에 너부데데한 오크의 모습을 하고서는 뻐드렁니 송곳니가 드러난 입으로 큼지막하게 웃었다.

"재밌어 보이죠?"

*

이세연과는 9년쯤 지난 어느 여름에 끝났다.

그날 우리는 베란다에 앉아 맥주를 까며 새로 나온 슈팅 게임을 하고 있었다. 대기권을 강하하며 지구를 폭격해오는 외계인의 비행기를 미사일로 쏘아 떨어트리는 게임이었다. 고글에 비친 선릉역 주변은 외계인의 공격으로 박살이 나 있었고 우리가 쏘아 떨어트린 비행기가 추락할 때마다 연이어 대폭발을 일으켰다. 현실이라면 유독 가스와 열기가 후폭풍을 일으킬 거고 진동으로 건물이 붕괴될 위험도 있겠지만 어쨌든 이건 게임이었다. 우리는 홀로그램 파일럿 복장을 덮어쓰고 대공포를 조종하며, 현실이라면 지구의 화력을 다 써버리는 수준의 무시무시한 양의 미사일을 쏘아대었다.

그리고 그날 천천히 받아들였다. 우리가 세월을 낭비한 사이에 기술은 무서운 속도로 발전했고, 나도 이세연도 더 이상 쫓아갈 수 없다는 사실을.

다 끝났다. 우린 끝났다. 팬이었을 때엔 말을 붙이는 것만으로도 영광이었고 함께할 때에는 생사고락을 같이하는 동지더니, 끝나고 보니 저임금으로 나를 착취하고 청춘을 낭비하게 한 무능한 악덕 사장일 뿐이었다. 더 일찍 끝내지 못한 것만이 패착이었다.

"이 게임 시나리오가 괜찮아."

나는 그 말을 듣고 낮게 그르렁댔다.

"슈팅 게임에 무슨 시나리오가 있어?"

"지구는 멸망했고 여기가 인류의 마지막 피난처고, 우리가 저 외계 행성에서 탈출한 왕위 후계자라는 설정이 있잖아. 적의 사령관은 내게 개인적인 원한을 갖고 있고. 그러면 저 수많은 전투기가 우리만 공격하는 이유가 설명이 되지. 현실감 있잖아."

나는 게임 패드를 내려놓았다. 신물이 났고 슬펐다. 아무도 아무런 가치를 부여하지 않는 일에 마음을 다 바친다는 것에 지쳤고, 그게 다 뭔지도 알 수가 없었다.

"그딴 게 현실감을 주지 않아."

내가 공격을 멈추자 미사일이 우리 베란다를 직격했다. 귀가 멍멍한 굉음과 함께 난간이 터지고 가스관이 불타며 벽이 부서져 나갔다. 주위가 화염에 휩싸였고 연기가 자욱하게 솟았다. 나는 자욱한 연기 속에서 말했다.

"돈이야. 돈이 현실감을 주지. 누가 얼마나 많은 돈을 게임에 퍼부었느냐에 따라 대우를 다르게 해주는 거지. 감히 쳐다볼 수도 없는 부자들에게 그들이 때려 넣은 돈만큼 대우를 해주는 거야. 그 막대한 자본력을 보며 유저들이 경탄하고 찬사를 바치게 하는 거지. 그러면 그 돈을 가진 사람이 주인공이 되고 영웅이 되는 거야. 그 사람이 모든 걸 다 할 수 있는 사람이야. 모든 선택을 다 할 수 있는 사람이고. 그게 밸런스야. 그게 공정함이야. 그게 진짜 현실감 넘치는 시나리오지. 현실과 똑같으니까. 유저도 좋다고 따라오고 회사도 떼돈을 벌고."

이세연은 답하지 않았다. 별 뻔한 소리를 다 한다는 듯 무심한 얼굴로 게임에만 열중했다. 내가 나가는데도 돌아보지도 않고 묵묵히 앉아서 부서진 베란다에 앉아 계속 미사일을 날렸다. 그대로 짐을 싸서 나가는데도 막지 않았다.

이세연과 헤어진 후 나는 이런저런 곳에서 일했다. 서울시청을 구한말 시대로 변신시켜주는 이벤트에도 참여했고 동계올림픽 폐회식에 인면조가 날아다니게도 해주었다. 전국 초등학교 창밖 배경을 숲으로 꾸며주는 작업을 했고, 태양계와 달을 맨몸으로 둘러보는 교육용 VR을 개발하기도 했다. 모두 게임 만들던 시절을 생각하면 경이로울 정도로 페이가 좋았다.

몇 년이 지난 어느 날 이세연이 보냈다는 유품이 집으로 날아왔다. 유행하는 변종 감기에 걸려 급작스럽고 어이없이 갔다는 소식이었다. 친한 친척도 없었는지 자기 물건을 다 내 마음대로 처분하라는 유언을 남겼다고 했다.

내 집에 날아온 이세연의 하드에는 한 번도 쓰이지 않았거나, 쓰였어도 금방 서비스가 접혔거나, 공개됐어도 거의 뒤바뀌어나간 시나리오 다발이 산더미처럼 쌓여 있었다. 근로저작권 계약 때문에 그 녀석 것도 아닌 스토리들이었다. 어디에도 쓰일 일 없을 뒷부분 전개와 아무도 보지 못할 엔딩이 사라진 문명의 유산마냥 폴더에 차곡차곡 정리되어 있었다. 망해가는 회사들의 형편없는 시나리오를 뜯어고치는 외주를 하면서 참 열심히도 썼다 싶었다.

이세연이 10년 넘게 혼자 붙들고 있었던 유작을 발견하여 사

람 고용해 마무리하고 인터넷에 뿌린 뒤에도, 정작 해볼 마음이
든 건 그 후로도 시간이 많이 지나서였다.

*

간신히 신라국과 가야국의 화평 루트에 들어섰다.

맨 처음에 홍운을 돕는 선택을 했다면 아마 신라국을 작살내
버리는 루트가 펼쳐졌을 것이다. 그 시나리오도 나름 호쾌했을
것 같았다. 홍운이 지금 친구라 부르는 인물들은 모두 적이 되었
을 것이고, 반대로 지금 홍운을 의심하거나 제거하려 드는 인물
들은 격렬한 추종자가 되었을 것이다. 유저가 다른 선택을 하고
다른 길을 걸었기에 완전히 달라지는 인물 간의 관계도, 세연이
좋아하는 전개였다.

내가 걷는 길은 기본 루트에서 볼 수 있는 대규모 격전 엔딩은
없었지만, 대신 복잡하고 긴 선택지를 건너다니며, 호감도와 신
뢰도 바를 계속 체크하면서 누구의 기분도 상하지 않을 가장 적
절한 대사를 골라야 했다.

기나긴 투쟁 끝에 홍운이 마침내 화평에 성공했다는 사실을
알리러 왔고, "이제 다 끝났어"라고 말한 뒤 나를 마주 보았다. 전
에 없이 부드러운 눈길이었다. 이제 슬슬 엔딩이군. 어차피 엔딩

에도 별다른 그래픽을 쓸 재간은 없을 거고. 어떻게 끝내려나.

"있잖아. 나."

홍운은 얼굴을 붉히며 다리를 배배 꼬았다.

"생각해봤는데. 나, 네 세계에 남아도 될까?"

'이건 또 무슨 소리야.'

나는 헛웃음을 지었다. 어쩌려고 이런 대사를 넣었을까. 하지만 이것도 이세연이 끌어안고 살던 산더미 같은 법칙 중의 하나였다. 할 법한 말을 할 것. 예측할 수 있지만 그 예측을 살짝 넘는 말을 할 것. 그래서 이 상황에 개연성이 있다고 믿게 할 것. 일어날 법한 일이라고. 그래서 몰입하게 할 것.

"돌아가봤자 날 의심하는 놈들 천지라 살기 힘들 것 같고…. 여긴 전쟁도 없고 평화로워 보여. 뭣보다 네가 있잖아."

1. 그래, 나도 너와 같이 살고 싶어.

2. 그건 불가능해.

2…라고밖에는 생각이 들지 않았지만 어떻게 되나 보자 하고 1을 골랐다. 홍운의 얼굴에 화색이 돌았다.

"정말? 정말이야?"

"불가능해."

옆에서 다른 목소리가 들렸다. 돌아보니 미래의 홍운이 어느새 와 있었다. 노란 옷의 홍운, 모든 일이 잘 풀린 가장 좋은 미래에서 온 녀석으로, 성격도 훨씬 안정적이고 차분한 편이다.

"홍운, 과거의 나, 여기 남아서는 안 돼. 그러면 두 세계의 균형에 균열이 생기고 그게 더 큰 재난으로 이어질 거야. 이제 돌아가야 해."

이유야 가져다 붙이면 그만이고, 강제 이벤트로군. 어느 방향으로 선택하든 같은 경로로 끌고 가는 것. 뭐, 그럴 수밖에 없겠지.

붉은 옷을 입은 과거 홍운의 얼굴에는 실망한 기색이 역력했지만 고개를 끄덕이며 받아들였다.

"알아, 안 될 일이지."

"그냥 모순이 되니까 못 하는 거지."

나는 무심코 중얼거렸다.

그때 주위에 잔잔한 음악 소리가 흘렀다. 이 타이밍에 배경 음악? 뭐야?

바람이 불며 나뭇잎이 흩날렸고 주변이 회색으로 변했다. 과거의 홍운은 시간 속에 얼어붙은 듯 정지했다. 음악이 들리는 방향으로 고개를 돌리니 미래의 홍운이 내게 시선을 꽂고 있었다.

"맞아."

노란 옷을 입은 미래의 홍운이 입을 열었다. 나는 당황해서 입에 문 담배를 떨어트릴 뻔했다. 맞아? 맞다니? 뭐가 맞아? 설마 여기서 갑자기 음성 인식 모드를 넣었나? 아니면 그냥 아무렇게나 말하는 건가? 내가 뭔가 플래그를 켠 건가?

"그래도…"

미래의 홍운이 푸근한 미소를 지었다. 연기를 하는 게 아니었다. 홍운이 아니라 현실에 살아 있는 배우 본인이 하는 말처럼 들렸다.

"…재미있잖아?"

세상에 색깔이 돌아오고 미래의 홍운도 모습을 감추었다. 얼어붙은 시간에서 깨어난 과거의 홍운은 아쉬운 미소를 지으며 머리를 벅벅 긁고 구멍으로 발을 디뎠다.

그러자 하얀 고딕체의 엔딩 크레디트가 중앙도서관을 배경으로 올라갔다. 배우 이름과 외주 사운드와 의상 디자이너, 스크립터, 마지막으로 긴 여운을 남긴 뒤 스페셜 땡스에 내 이름이 떴다. 홍운이 사라지며 기운찬 목소리로 말했다.

"언젠가 다시 만나자."

그리고 마지막 글자.

〈End〉

엔딩을 보고 한 달쯤 지난 어느 날이었다. 나는 사람 몸 위에 홀로그램 아바타를 뒤집어씌워주는 데이팅 앱 회사의 외주를 하고 있었다. 결혼 후에도 다른 사람 모습의 — 때로는 성별도 다른 사람 모습의 데이팅 앱을 끄지 않고 지내는 부부들 사연이 서프라이즈에 나오면서 사랑이란 무엇이고 진실이란 무엇인가 유의 논쟁이 한창 SNS에서 들끓던 무렵이었다.

바이어와 미팅을 하러 나간 나는 낯익은 사람과 마주쳤다. 상대를 본 나는 손에 든 것을 다 떨어트리며 소리를 질렀다.

"홍운?"

"홍운이요?"

바이어는 눈을 휘둥그레 뜨더니 웃음을 터뜨렸다.

"아이구, 실장님, 그 게임 해보셨구나! 암튼 요새 그 게임 무료로 풀린 바람에 알아보는 사람이 늘었다니까요. 나 참, 소싯적에 배우 되겠답시고 이것저것 했던 알바 중 하나였는데 말이죠. 아유, 창피해 죽겠네요."

창피해 죽겠다면서도 '홍운'은 봇물 터진 듯 "아유, 아유" 하면서 그 게임에 대해 한참을 떠들었다. 몇 군데 대사가 잘못 들어갔다든가, 어디서 기세 좋게 구르다가 허리가 나가서 한 회분 알바

비를 다 날렸다든가. 그렇게 한참 떠들다가 내가 누군지 알아본 홍운은 이산가족과 조우한 사람처럼 호들갑스럽게 반가워했다.

"실장님, 요새는 게임 안 하세요?"

"때려치우고 나니 관심이 끊겨서요."

"요거, 요거 해봐요. 이세연 씨 여기서 오래 외주했어요. 퀘스트깨나 만들었을걸요. 요새 이거 안 하는 사람 없어요."

홍운은 나를 꼭 붙잡고 허공에 게임 쇼핑 화면을 띄웠다.

"에이, 퀘스트마다 이름 박는 것도 아닌데 알아보겠어요."

"보인다니까. 이세연 씨 퀘스트는 튀어요. 퀘스트 몇 개만 좋아도 전체 퀘스트가 다 좋아 보이죠. 이세연 씨가 그러지 않던가요?"

그랬었지. 잘 짠 몇 개의 퀘스트가 게임 전체를 빛나게 한다고. 유저는 시나리오의 평균값을 체험한다고. 그것도 시나리오 작가 혼자 생각해야 하는 일 중 하나였다. 게임을 잘 살펴 몇 마디의 대사로 모순을 없앨 것. 시스템이 만드는 괴리를 시나리오로 풀처럼 발라 메울 것. 그렇게 모순이 없어지면 몰입감이 생긴다. 그래서, 절대로, 유저를 게임에서 소외시키지 말 것.

시나리오 작가가 조용히 그런 일을 해주지 않으면 그 게임은 망하지만, 왜 망했는지는 아무도 모른다고.

그날 저녁 나는 홍대 경의선 철길 공원으로 갔다. 게임용 콘택트렌즈에 업데이트를 다운받고 무선 이어폰을 끼었다.

음성 명령으로 플레이를 시작하자 귓가에 경적을 울리듯 날카로운 괴수의 울음소리가 들려왔다. 고개를 드니 눈부신 진홍빛 하늘에 피처럼 붉은 거대한 괴조가 긴 울음소리를 끌며 날아가고 있었다. 옛 명화 속에 등장하는 새처럼 화려하고 휘황찬란한 깃털을 두르고 있다. 불꽃처럼 늘어진 긴 꼬리 뒤로는 작은 새들이 열을 맞추어 쫓아갔다. 저 디자이너는 연봉이 세겠지, 나는 무심코 생각했다.

옛 철길을 중심으로 길쭉하게 뻗어나간 공원을 따라 동양풍 판타지의 이세계가 눈부시게 펼쳐져 있었다. 양쪽으로 이어진 은행나무는 수백 년은 묵은 듯 드높이 자라나 있었고, 겨울 날씨도 아랑곳없이 눈부신 황금빛 이파리가 풍성하게 달려 있었다. 가지 사이로는 무지갯빛 나비와 요정 들이 날아다녔다. 상가 건물은 고풍스러운 돌이나 나무 건물로 변해 있었고 새파란 덩굴식물이 뒤덮고 있었다. 덩굴마다 하얀 초롱꽃이 눈송이처럼 매달려 있다. 거리를 오가는 사람들의 몸 위로도 화려한 복식이 덧씌워져 보였다. 아무래도 이 게임 오래 하다 보면 현실의 칙칙한 빛을 견디기 어렵겠다 싶었다.

길 중간에 게임 회사에서 사들인 땅이 있었고 홀로그램 상점이 보였다. 고양이 모양의 수인이 물약과 아이템을 팔며, 마시는 동작을 하면 HP가 찬다고 친절하게 설명해주었다. 게임하는 사람들이 주위에 와글와글 모여 있었다. 덧씌운 옷으로 서로의 직업과 레벨을 알 수 있었고, 오늘의 속보와 퀘스트 정보를 나누면서 길드원을 모집하느라 여념이 없었다.

나는 홀로그램 지도를 보며 첫 퀘스트 장소를 찾다가 문득 멈춰 섰다. 그러곤 완전히 얼어붙었다.

시야 한구석에 검은 구멍이 열렸다. 아니, 구멍이 아니라, 검은색 칠을 했을 뿐인 조악한 그래픽이. 모자이크 튄 자리까지 익숙한 그래픽이.

그리고 그 위로 새하얀 글자가 떠올랐다. 나는 올라가는 글자를 넋 나간 기분으로 바라보았다.

〈에필로그〉

이세연, 이 악덕 외주자야. 기어코 남의 게임에다 자기 게임 퀘스트를 넣어버린 거냐.

구멍에서 사람이 모습을 드러내었다. 익숙한 얼굴이었다. 익숙하게 뿌연 그래픽, 무지갯빛으로 찬란하게 빛나는 풍경 속에 있으니 어지간히도 초라하고 칙칙해 보였다.

홍운이었다. 지금까지 게임에서 보아왔던 그 어떤 모습보다도 나이가 들어 있었다. 아침에 본 모습과 별로 연배 차이도 없어 보였다.

홍운은 나를 보고는 눈을 휘둥그레 떴다. 물론 이 배우의 녹화된 영상이 나를 알아볼 리야 없고, 주어진 연기를 하고 있을 뿐이겠지만.

"세상에⋯."

홍운이 더듬더듬 입을 열었다.

"이게 꿈은 아니지?"

홍운의 눈에 눈물이 글썽글썽했다. 아니, 이 사람 보게, 연기 때려치웠다더니. 계속 했었잖아. 엄청 늘었네. 홍운은 뺨을 붉히고 금방이라도 울음보가 터질 듯한 얼굴을 했다.

"보고 싶었어⋯."

예측할 수는 있지만 예측을 살짝 벗어나는 이벤트로 놀라게 할 것. 이벤트를 볼 확률은 높게, 하지만 놓쳤을 가능성을 상상하게 하여 그 일이 특별한 일처럼 느껴지게 할 것. 그래서 믿게 할 것. 당신이 세상의 주인공이라고. 영웅적인 선택도 바보 같은 선택도 할 수 있는, 누구보다도 중요하고 특별한 사람이라고.

"얼굴 좋아 보이네. 잘 지내는 것 같아 다행이야. 별일 없었어?"

마치 내가 그간 어떤 선택을 했든, 어떤 길을 걸었든, 우리가 어떤 다툼을 했든, 모든 일들은 세월에 마모되고 윤색되었고, 가장 아름다운 추억만이 이 자리에 남아 빛나고 있다고 말하듯이.

홍운이 땅에 발을 내려놓으며 내게 손을 내밀었다. 마지막 이벤트는 뭘까, 악수로 끝날까, 끌어안아줄까, 아니면…, 나는 마주 손을 내밀며 생각했다.

내가 호감도를 잘 쌓아놨던가.

당신이
나의 히어로

전삼혜

고등학교 2학년인 2004년에 덜컥 〈마비노기〉를 깔았다가 많은 게 변한 사람. 게임 팬픽을 공식 카페에 연재하다 지망 대학을 정했다. 2016년부터 게임 시나리오 작가로 활동하고 있다. 플레이 타입은 모험가형. 『소년소녀진화론』과 『날짜변경선』을 출간했고 청소년·SF 앤솔러지에 활발히 참여 중이다.

1. 〈마지막 왕〉 리부트

게임 리메이크 의뢰가 들어왔다. 종종 있는 일이다. 예전에야 소규모 개발사가 판타지풍 RPG를 만드는 게 어려웠다지만 지금은 전체 감각 시스템의 시대다. 프리 소스가 풍부해진 건 덤이다. 플레이어는 물론, 개발자도 자신이 만드는 게임 안에 들어가 걷고 달리고 무기나 마법을 쓸 수 있다. 물론 전신감각이야 개발 프로그램 비용이 비싸다. 랜드러너 같은 소규모 개발사는 기껏해야 감각 체험 고글, 부츠, 장갑으로만 개발할 수 있다. 그래도 그게 어딘가. 비록 느껴지는 것은 손과 발, 시각뿐이라고 해도 모바일이나 키보드와 마우스만 이용하는 것보다는 훨씬 현실감이 느껴진다. 고글과 장갑, 부츠를 착용하고 허우적거려야 하니 남들 보기에 꼴사납다는 건 어쨌거나 좋다. 프라이빗 게임 존이 왜 인기겠어. 랜드러너 그린팀에게 과제가 주어졌다. 5년 전에 서비스를 종료한 게임 〈마지막 왕〉을 하프감각 시스템, 즉 고글과 부츠와 장갑만으로 플레이 가능한 클라이언트로 만들어달라는 것. 개발팀 최지훈은 머리를 감싸고 한숨을 쉬었다.

"〈마지막 왕〉은 그때도 하프감각 아니었어요? 그걸 또 하프감각으로 낸다고?"

최지훈의 어깨를 기획자 아스가 툭툭 두들겼다.

"그때 하프랑 지금 하프는 다르지. 그때는 촉각 시스템 발달 전이라 활이나 칼이나 쥐는 맛이 똑같았다고."

"아, 예. 그거에 대해선 저보다 저기 아트팀장님이 할 말이 많으실 텐데."

최지훈이 이한나를 턱짓했다. 이한나는 리소스 리스트를 보며 하늘이 노랗다는 표정을 짓고 있었다.

"이야, 조합 시스템이 장난이 아니네. 원재료 40종에 조합 50종? 총 90종의 감촉을 만들라고요? 아스, 지금 나랑 싸우자는 거? 계약 따 온 건 좋은데, 감촉 재현은 아무리 프리 소스 써도 리소스 업데이트하려면 한 종류당 하루 넘게 걸리거든요?"

"90일이면 되겠네!"

활짝 웃는 아스에게 이한나는 격투 게임 대전을 걸려다 참았다. 미우나 고우나 기획자인데 팔다리는 살려둬야지.

"그런 마일스톤은 안 됩니다. 그 기간에 팀원 중 아무도 경조사 없고 질병 없고 입원도 없고 사고도 없어야 되잖아요! 사막팀이 그딴 식으로 마일스톤 짜다가 팀원끼리 돌아가면서 독감 걸리고 회사 시체 안치소 됐잖아."

아스는 멀찍이 물러나며 생글생글 웃었다. 저 자식, 먹살을 잡히기 싫으면 잡힐 일을 만들지 말아야지. 최지훈이 이를 빠드득 갈았다. 탕비실에 다녀온 로운이 커피를 들고 세 사람을 멀뚱멀뚱 쳐다보았다.

"어, 〈마지막 왕〉? 이거 리메이크해요? 출시되고 한창 열심히 했었는데."

아스가 재빨리 로운의 손에서 커피를 받아 책상에 내려놓았다.

"그치, 로운. IP 주는 쪽이 그때 리소스 다 찾아서 주기로 했어! 그러면 적어도 시청각이랑 워킹은 해결되잖아. 촉각 리소스만 짜면 돼. 그치 그치? 한나야, 괜찮지? 되지?"

"되긴 뭐가 돼요."

이한나가 탕, 소리가 나게 책상을 쳤다.

"되게 해야지. 젠장."

"응. 난 그래서 한나가 너무 좋아."

"말 대신 돈으로 주세요."

〈마지막 왕〉은 감각 동기화 게임 초기에 출시된 RPG였다. 플레이어가 선택하고 따를 수 있는 히어로가 총 셋. 게임 종료 10개월 전에 엔딩 챕터가 업데이트되었다. 〈마지막 왕〉은 플레이어가 '주군'을 선택하고 주군이 왕이 되게 하기 위해 퀘스트를 깨는 게임이다. 마법사 미스트리스와 검사 라비아, 성직자 쿼터베리온이 왕위를 놓고 다투었다. 엔딩에서 미스트리스는 다른 세계로 가겠다며 사라지고 라비아는 쿼터베리온을 지키는 검이 되겠다며 왕위를 포기한다. 왕위는 쿼터베리온에게 넘어간다. 그렇게 끝났지. 가끔 PVP 대회 같은 게 개최되기도 했지만 감각 동기화 게임 초기의 한계 때문에 원활하게 개최되지는 않았다. 그놈의 정보 전달 속도 때문에 글로벌 서버 대전을 하면 한국에서 때린 데미지가 나이지리아 플레이어에게 가는 데에만 1초가 걸렸다. 실시간 동기화가 생명인 PVP에서 1초의 차이란 무시무시했다. 댄스게임에선 0.001초 차이로 노트 판정이 갈려 글로벌 댄스게임 때마다 개최지 서버 가까운 곳으로 몰려드는 게 지금도 흔한걸. 다중 접속 대전 게임은 지금도 초대형 회사 아니면 거의 개발하지 않는다. 〈마지막 왕〉 리메이크 의뢰도 대기업에서 받은 거긴 하다. 하지만 랜드러너 같은 소규모에선 가진 장비와 서버에 의존해서 개발해야 하니 처음부터 솔로 플레이로 가는 게 안전했다.

"이게 아이템 리스트예요? 저 좀 봐도 돼요?"

"얼마든지."

한나가 태블릿을 내려놓자 로운이 바로 집어 들었다.

"네가 보기엔 이거 리소스 얼마나 걸릴 거 같아?"

"아트팀 사정은 아트팀장이 알지 제가 압니까."

"대충이라도."

"잘못 말하면 한나 님이 대전 게임으로 하루 종일 갈궈요. 말 안 할래."

로운이 양손으로 쭉쭉 스크롤을 내려가며 리소스를 보다가 고개를 갸웃거렸다.

"왜 일부만 받아 왔어요? 진짜 리소스는 용량 때문에 천천히 옮긴다 해도 이건 리스트인데?"

"어?"

아스가 태블릿 쪽으로 다가갔고 한나는 한 발 물러섰다. 펀치의 추진력을 높이려면 먼저 뒤에서 힘을 모아야 하니까. 아스가 "이게 하드에 있는 거 전부랬는데?"라고 하자 로운이 검색어 몇 개를 넣어보고 고개를 저었다.

"아니에요. 5챕터 이후 아이템은 절반 넘게 빠졌어요. 최종 업데이트 날짜 확인했어요?"

"당연히 확인했지. 봐봐. 이틀 전이잖아."

"가시나무 숲 필드에서 얻을 수 있는 아이템이 없는데요? 이거 봐요."

로운이 자기 태블릿으로 감각 게임 플레이 데이터베이스에 접속해 '마지막 왕 가시나무 숲 레이피어'를 입력했다. 검은 가시와 흰 가시덩굴이 교차하는 검신을 휘두르는 영상이 나왔다.

"이거 별부리새 죽여서 얻는 아이템 조합이거든요. 몬스터 리스트 봐요. 별부리새 있어요?"

아스가 난감해하는 얼굴로 리스트를 훑었다.

"없네. 사각부리두더지랑 다른 거지?"

"두더지랑 새를 제가 착각할 리가. 다른 거예요."

"너는 근데 그런 아이템을 어떻게 알아?"

"제가 라비아 연맹 카페 스태프까지 했거든요. 라비아 무기는 다 외워요."

자랑스러워하는 로운과 다르게 한나의 표정은 점점 험악해졌고 아스는 태블릿에 코를 박을 듯 들여다보았다. 지훈은 딴청을 부리기 시작했다. 나가서 통화를 하고 온 아스가 뒷머리를 긁었다.

"이게 최신 자료래. 〈마지막 왕〉 개발한 회사, 지금은 없어졌잖아. 우리가 갖고 있는 리스트가 IP 넘기는 계약할 때 받은 거라 나머지는 아마 못 찾을 거라는데."

"시스템 구현이야 저랑 개발팀이 할 거지만 리소스 없으면 허공에 삽질 동작만 나옵니다."

지훈이 슬쩍 발을 뺐고 한나는 정색을 했다.

"데이터가 있어야 리소스를 만들죠. 기획팀이 리스트 넘겨야 작업 시작해요. 프리 소스로 구현 가능한 건 어느 정도 하겠지만."

아스가 로운의 두 어깨를 붙잡았다.

"로운, 플레이 열심히 했댔지? 그럼 어디서 뭐 나오는지 알겠네?"

로운은 몸을 뒤로 빼려 했지만 아스의 손가락 힘이 인정사정없이 로운을 붙잡았다.

"전 라비아 연맹이었어요. 미스트리스랑 쿼터베리온 진영 아이템은 모르는데요."

"쿼터베리온은 플레이 로그 많이 남아 있을 거야. 아까 네가 단검 찾던 거기, 호문쿨루스, 10년 전부터 있던 게임 플레이 데이터 저장소잖아. 나도 로그 뒤져보고 다른 팀 손도 빌려서 해볼게. 그럼 남은 건 미스트리스 연맹인데. 누구 미스트리스 연맹 하던 사람 없어?"

"미스트리스 마이너예요. 그때 구식 센서로 마법 쓰는 걸 누가 좋아했겠어요. 그러니까 10챕터인데 7챕터부터는 다른 세계 간다고 떠나버리지. 사실상 캐삭임."

"그러냐. 아무튼 사람은 찾아봐. 세상은 넓고 마이너도 누군가에겐 메이저야."

2. 호문쿨루스, 기록의 창고

호문쿨루스에는 감각 게임 초기부터의 플레이 로그가 잔뜩 남아 있었다. 고글만 이용하던 시청각 시대부터 현재 전신감각에 이르기까지. 센서 장비를 착용하고 로그를 선택하면 업로더가 경험한 그대로가 센서를 통해 사용자에게 전달되었다. 같은 게임이라도 업로더가 어떻게 플레이했느냐에 따라 감각이 천양지차이기 때문에 사람들은 타인의 플레이 로그를 감각하고, 자신의 감각을 나누는 걸 즐겼다. 게임의 불법 공유를 막는 차원에서 시각, 청각, 촉각 중 최대 두 가지만 남길 수 있다는 제한이 붙었다. 대부분은 시각과 청각을 택했지만 가끔 촉각만 남기거나 청각만 남기는 업로더도 있었다. 로운은 기도했다. 제발 라비아 루트에는 촉각만 남기는 이상한 사람이 없기를. 업로더가 시청각을 공유하지 않고 촉각만 남기는 경우 사용자는 현실의 밋밋한 모니터를 보고 현실의 소음을 들으면서 간지러움, 따가움, 차가움 등을 느껴야 했다. 그걸 즐기는 사람들도 있다지만, 데이터베이스를 수

집해야 하는 입장에서는 아무 도움이 안 되었다. 게다가 〈마지막 왕〉은 개발 당시 촉각 센서가 그다지 발달하지 않았기 때문에 촉각만으로는 거의 정보를 얻을 수 없는 형태였다. 아스도 기도했다. 누군가 미스트리스를 아주 열심히 플레이했기를.

로그 탐색은 이상한 곳에서 꼬였다. 쿼터베리온 캐릭터는 성직자였고 성직자는 언데드 계열이 아니면 사냥이 영 신통찮았다. 당연히 호문쿨루스에 남은 플레이 로그도 진행이 엄청나게 느렸다. 라비아 연맹은 전사니까 두 방이면 잡는 몬스터를 쿼터베리온 연맹에선 다섯 방은 날려야 했다. 플레이 타임 최소 두 배. 대체 사람들은 이걸 어떻게 했는지 신기하네. 로그를 감각하던 아스가 장비를 빼고 길게 드러누웠다.

"한나, 이거 쿼터베리온 연맹으로 플레이했댔지?"

"응."

한나가 드러누운 아스를 내려다보았다.

"퀘스트 하는 거 되게 힘들었겠다."

아스가 탄식을 담아 말하자 한나는 무슨 소리냐는 듯 되물었다.

"왜 힘들어? 쿼터베리온 연맹 루트가 제일 빠른데."

"응? 데미지가 안 나오는데?"

아스가 반쯤 몸을 일으켰다. 한나는 딱하다는 표정으로 아스에게 음료 캔을 건넸다.

"PVP 상점에서 파는 아이템 중에 '그들 안의 악몽' 스크롤 있었어. 그거 쓰면 모든 몬스터가 일정 시간 동안 언데드 속성으로 변해. 설정상으로는 그 스크롤을 사용하면 몬스터들이 자기 안의 어둠을 깨닫고 폭주하게 되는 거였지, 아마. 레벨도 엄청 올라가고."

"그런 게 있었나? 난 왜 몰랐지?"

"PVP 존에선 성직자들의 피 튀기는 난투가 일상이었다네. 그런데 그런 로그는 사람들이 호문쿨루스에 굳이 안 올리지. 화면이 다 시커멓고 으스스하기도 하고, 호문쿨루스 시스템이 전체 관람가만 등록 가능해서 공포 요소가 일정 비율 이상 차지하면 등록해도 지워져. 공포 게임이나 성인 게임은 호문쿨루스에 로그가 없잖아."

전체 관람가라. 아스는 지끈거리는 머리를 가누며 음료 캔을 땄다.

"당장 필요한 건 주요 아이템이랑 루트마다 나오는 대사지? 로운이 그걸 받아야 시나리오 작업할 쪽에 넘기니까. 그러면 클라이언트랑 서버 연결해서 로운한테 플레이시켜."

아스가 한나의 조언을 들으며 캔을 비웠다.

"PVP 상점에서 나오는 걸 못 얻으면 소용없는 거잖아."

아스의 투덜거림에 한나가 헛소리 말라는 듯 빈 캔을 손 안에서 구겼다.

"운영툴 써서 스크롤 왕창 지급해주세요. 로운 공포 게임도 잘하니까 금방 할 거야."

세상엔 어떻게든 살아날 길이 있네. 아스는 멍하니 한나를 올려다보았다.

"한나 님 대천사."

한나가 피식 웃었다.

"네가 순진한 거야. 세상에는 언제나 성질 급한 유저가 있고 그걸 만족시킬 수단이 존재하지. 운영툴 쓰는 김에 레벨도 막 올리고 유료템도 팍팍 퍼줘. 다른 기획자 시켜도 되는데, 로운이 콘텐츠 담당이니까 제일 나을걸."

로운의 일이 세 배쯤 증가되는 순간이었다.

며칠 뒤, 라비아 연맹과 퀴터베리온 연맹의 플레이 로그가 정리되었다. 눈 밑이 퀭한 로운이 정리된 로그 파일을 프로젝터에 띄우며 간단한 시나리오 브리핑을 했다.

"먼저 라비아 연맹부터 볼게요. 라비아 연맹은 루트가 대부분 사냥이에요. 기사 라비아가 플레이어와 만나서 세력을 키우고 '마지막 왕'의 자격을 얻으려고 필드를 돌아요. 〈마지막 왕〉 플레이는 기본적으로 플레이어가 선택한 군주가 앞에 서고, 플레이어가 보조하는 콘셉트로 전투나 채집이나 조합을 합니다. 중간중간 다른 군주들을 만나서 군주끼리, 그러니까 NPC끼리 대화하는 컷신이 나오는데 이건 전부 성우 음성 녹음한 풀 보이스. 라비아 루트 컷신은 다 저장해놨어요. 아스, 이번에도 풀 보이스 할 거예요?”

아스가 고개를 끄덕였다.

“그렇겠지? 그런데 풀 보이스인지 아닌지가 왜?”

한나가 대답했다.

“풀 보이스면 녹음 일정 잡아야 하잖아. 성우 비용하고 녹음실 비용 들고.”

“퍼블리셔하고 의논해봐야겠네. 그런데 요즘도 성우가 직접 녹음해? 합성 음성 안 써?”

“차이가 심해. 예민한 유저들은 바로 합성인지 아닌지 알아차릴걸.”

한나의 대답에 지훈이 말을 얹었다.

“그러면 어느 때 어느 음성 나와야 하는지 표시해줘야 된다. 예전 음성 파일 써도 되긴 하는데, 대사가 그때랑 많이 바뀔 테니까.”

“알았어요. 다음, 쿼터베리온 연맹은?”

로운이 펜라이트를 몇 번 움직이자 프로젝터 화면이 어두컴컴해졌다.

"어둠 스크롤 써서 플레이 캡처가 이렇습니다."

화면 속에서는 뾰족한 송곳니를 드러낸 토끼가 울부짖고, 늑대가 이족 보행을 하며, 양이 털 대신 수북한 가시를 빳빳하게 세우고 있었다. 이게 대체 뭐야. 한나는 익숙한 듯 고개를 끄덕였고 지훈은 '자비의 숲'이라는 필드명을 보고 끅끅거리며 웃었다. 아스는 한숨을 간신히 억눌렀다.

"그, 스크롤 쓰기 전의 화면 좀."

로운이 고개를 끄덕이고 화면을 움직였다. 푸른 풀밭에 토끼, 잠든 늑대, 몽실몽실한 양 떼. 당시 아트팀이 왜 이런 이중 고생을 했는지 알 수가 없네. 아스는 정상적이고 평화로운 초보자 필드를 보며 '개노가다 쩐다'는 생각을 했다.

"원래는 평화로운 필드인데, 쿼터베리온 루트가 사냥이 너무 힘들어서 유저들 항의가 많으니까 긴급 패치했다는 소문이 있어."

지훈이 웃음을 참으며 말했다.

"소문이지?"

아스의 간절한 바람을 담은 질문은 가볍게 묵살되었다.

"로운 님, 브리핑 계속해주세요."

"네. 쿼터베리온 연맹은 성직자 쿼터베리온이 신의 계시를 받아 플레이어와 함께 여정을 떠나는 콘셉트이고요….”

3. 미스트리스, 젤소미나

남은 건 미스트리스 연맹 루트였다. 로운이 또 플레이를 시키면 병가 낼 거라고 으르렁거리는 탓에 아스가 호문쿨루스를 뒤져 미스트리스 연맹 루트 플레이 로그를 찾았다. ‘젤소미나’라는 업로더 계정에 수십 시간의 시청각 로그가 남아 있는 것을 보고 아스는 속으로 만세를 불렀다.

미스트리스는 인기가 낮았고 플레이 로그도 거의 없었다. 이펙트야 그럴싸했지만 촉각 센서가 발달하지 않은 시대의 게임에서 마법을 쓰기란 허공에 삽질하기 이상도 이하도 아니었다. 심지어 몇몇 스킬은 시동어를 외쳐야 발동이 되었기 때문에 당시 게임 커뮤니티에서는 ‘쪽팔려서 플레이하기가 힘들다’는 글이 올라오기도 했다. 뭐, 일부 사람들에겐 그게 좋다며 먹히는 캐릭터이기도 했지만.

“중간중간 스킵해도 돼. 미스트리스 상향해달라는 얘기는 안 나왔어.”

로운에게 로그 재생을 부탁하며 아스가 말했다. 퍼블리셔 중에 미스트리스 연맹 추종자가 있지 않은 이상은 미스트리스의 비중을 높일 일은 없을 것이다. 시나리오야 좀 고칠 수도 있겠지만. 현재 센서로도 마법 사용 시 느낄 수 있는 감각은 약간의 압각 정도였다. 열기나 냉기가 패치되는 게임도 있었다. 하지만 발열과 냉각이 센서의 수명을 무지막지하게 깎아먹는다는 사실이 밝혀지자 확 줄었지. 마법사는 살기 힘든 시대였다.

"라비아랑 쿼터베리온 스토리로도 어느 정도 유추는 되니까. 정 힘들면 필수템이랑 명대사만 추려."

로운은 알겠다며 게임 룸에 틀어박혔다. 이틀 정도 걸리려나. 아스는 그사이에 이미 파악된 두 연맹의 아이템 리스트를 먼저 작성할 예정이었다. 좋은 것만 추리고 별로인 건 버리고, 소량의 아이템을 상향시키는 쪽으로 밸런스를 잡는다면 한나가 질색하는 90종의 감각 만들기를 할 필요도 없겠지.

"노가다네, 노가다야."

예나 지금이나 게임을 다른 구동 기기로 이식하는 일은 노가다였다. PC 게임을 모바일로 이식할 때도 그랬지. 있는 거 가져다 쓰면 된다고 하지만 넣어보면 해상도고 이펙트고 다 엉망이라 새로 만드는 게 절반 이상이고. 그래도 투자해준다니 해야지 어쩌겠어.

아스가 한창 리스트를 만들고 다른 기획자들과 밸런스며 스킬 시스템을 정리하면서 며칠을 보냈을 때, 로운이 아스를 불렀다.

"아스, 〈마지막 왕〉에서 미스트리스는 7챕터에 떠났잖아요? 라비아랑 쿼터베리온 루트에서도 7챕터 이후 미스트리스 만나는 컷신도 없었고."

"그렇지. 그때 유저들 반발 꽤 있었지. 다른 연맹으로 옮겨 가야 했으니."

"젤소미나, 이 사람 플레이 로그에 8챕터가 있어요."

"엥?"

아스가 미간을 좁혔다.

"컷신 모음이나 그런 거 아냐? 없는 챕터가 어떻게 로그로 남아."

"제가 7챕터까지 다 보고 나오려는데 8챕터가 뜨더라고요."

"챕터 제목이 뭔데? 미스트리스 7챕터가 '운명의 갈림길'이었는데."

"'눈이 내리는 들판'이요. 히든 챕터일지도 모르니 볼까요?"

변수네. 아스는 캘린더를 체크했다. 이틀 정도 여유가 있었다.

"체크해줘. 네 앞으로 된 일은 다른 팀원들한테 넘겨볼게."

로운은 이틀을 사용해 게임 룸에 다시 틀어박혔다.

4. 어쩌다가 이런 엔딩이 되었나

로운이 제출한 로그는 7챕터까지였다. 8챕터에 대해 묻자 "있긴 있는데, 그게⋯"라며 말을 흐렸다. 로운은 아스를 끌고 건물 안 카페로 내려갔다. 한나와 지훈도 함께. 넷이 아메리카노 네 잔을 앞에 두고 탁자에 둘러앉았다.

"미스트리스 스토리는 7챕터에서 끝난 게 맞아요. 8챕터는 없어요."

"그럼 그 플레이 로그는 뭐야?"

"제가 기억이 잘 안 나서 셋 다 모여달라고 한 거예요. 지훈 님, 미스트리스 연맹 플레이한 적 있어요?"

지훈이 얼음을 와작와작 씹으며 고개를 끄덕였다.

"응. 7챕터 끝나고 8챕터 업데이트되더니 8챕터 초반에 주군 바꾸래서 접었지."

"마지막 챕터 내용 기억해요?"

지훈이 얼음을 씹는 사이 한나가 대신 대답했다.

"7챕터까지 잘 나가다가, 8챕터 시작하니까 갑자기 자신은 이 세계를 구하지 않겠다고 선언했어. 그런데 난 그러려니 했지. 이슈가 있었으니까."

"이슈요?"

로운이 묻자 한나가 태블릿으로 기사 하나를 띄워 보여주었다.

"7챕터 업데이트되고 얼마 안 있어서 미스트리스 담당 성우님이 돌아가셨거든. 사고로."

"아."

"그럼 8챕터 시작 때 나온 음성은 합성이야?"

아스가 끼어들자 한나가 고개를 끄덕였다.

"합성 음성. 플레이어도 회사도 어쩔 수 없었겠지. 이후 진행을 계속하자니 성우가 없이 합성 음성만으로 풀 보이스를 지원하는 건 자동차 내비게이션이랑 수다 떠는 거나 마찬가지라."

"기억났다. 그때 공식 홈페이지에 추모 페이지도 떴는데."

지훈이 얼음을 삼키고 그때의 기억을 이야기했다.

갑작스러운 사고, 사망, 혼란. 인지도가 가장 낮은 캐릭터고 유명한 성우도 아니었다고. 다시 대사를 녹음하려면 초반 챕터부터 다른 성우를 투입해서 교체 작업을 해야 하는데 그럴 만큼 돈이 잘 들어오는 캐릭터가 아니어서 당시 개발사 측이 미스트리스를 보내버렸다고.

"그래서 그랬구나."

로운이 혼자 중얼거리자 한나가 잔 안의 얼음을 짤그락 소리가 나게 저었다.

"8챕터에 뭐가 있었어?"

"책이요."

로운이 대답했다.

청각으로는 미스트리스의 메인 테마곡이 나오고, 시각으로는 책 한 권이 펼쳐지고, 손짓하면 그 책의 페이지를 넘길 수 있었다고 로운은 말했다. 지훈은 '클라이언트를 뜯었으면 가능한 일이긴 한데, 그렇게까지 해야 할 필요가 있냐'며 이해가 안 간다는 반응을 보였다.

"사설 서버에서 돌리는 클라이언트에는 실제 게임에 없는 장비가 들어가기도 하더라."

"사설 서버는 아닌 거 같아요. 책 읽는 동안은 아이템 창도 아무것도 안 떴거든요. 그냥 책을 다 읽고 나면 로그가 끝나요. 미스트리스 메인 테마곡 점점 느려지면서."

아스가 고개를 끄덕였다.

"큰 문제는 아니네. 그러면 스토리 정리해서 시나리오팀으로 넘기자."

"젤소미나 말고 다른 업로더도 같은 로그가 있는지 확인만 하고요."

로운이 말을 마치고 일어섰다.

5. 오로지 텍스트로만 존재하는 이야기

젤소미나는 네임드 플레이어가 아니었다. 받은 자료들 중 2차, 3차 전직 완료 플레이어 리스트와 PVP 톱 랭커 리스트가 있었다. 젤소미나는 그중 어디에도 없었다. NPC가 이름을 부를 때 "젤소미나"라고 텍스트가 뜨는 걸 봐서는 플레이어가 젤소미나라는 아이디를 사용한 게 분명했다. 그렇다면 이 사람은 무슨 생각으로 이런 길고 긴 플레이 로그를 남긴 걸까. 클라이언트를 뜯고 자작 리소스까지 넣어가며.

"마이너 캐릭터 파는 마음이야 나도 알지만."

로운이 라비아 연맹을 선택한 건 무기를 휘두르는 감각이 좋다는 게 제일 큰 이유였다. 하지만 '이번에는 메이저 팬덤 좀 해보고 싶다'는 마음도 강했다. 그 전에는 아이돌 키우는 리듬 게임에 푹 빠져 있었는데 가장 좋아하는 캐릭터가 인기투표 10위 밖에서만 맴돌았다. 정말 좋아했지만 그 캐릭터로는 톱 자리에 오를 수도, 스페셜 카드나 컷신이 나오기를 기대할 수도 없었다.

"라비아는 선방했지. 쿼터베리온에게 질 때도 컷신 끝내줬고."

로운이 쓸쓸하게 웃었다. "당신이 마지막 왕이 된다면, 나는 마지막 왕을 지키는 검이 되겠다. 나의 주군, 쿼터베리온. 당신이 이 세계의 마지막 왕이 되어라"라는 대사. 한쪽 무릎을 꿇고 검을 세우는 라비아의 붉은 머리카락. 그리고 그 어깨 위로 내리는 쿼터베리온의 축복의 광채. 끝내줬어. 끝내줬지. 승복할 수 있었어.

하지만 젤소미나는 승복할 수 없었던 것 같다. 적어도 책 안의 내용은 그랬다. 푹 빠져들 만한 글솜씨는 아니었다. 하지만 자신이 보고 느낀 미스트리스의 행동을 플레이어 시점에서 서술해놓은 기록은 볼 가치가 있었다. 메타 로그인 셈이지. 우리는 실제 유저가 어떻게 느끼는지 알기가 어려우니까.

그러니까 이것만 보고 일하자.

로운은 호문쿨루스에 접속했다.

오로지 텍스트로만 존재하는 이야기를 읽기 위해서.

음성 지원도 없이, 책 넘어가는 이펙트도 없이, 주변에는 잔잔한 미스트리스의 메인 테마곡이 흘렀다. 보컬이 없는 버전이었다. 누구의 목소리도 귓가에 들리지 않았다. 다만 이야기가 거기 있었다. 초보 마법사 미스트리스가 어느 날 오래된 마법서를 발견한다. 그 안에는 이 세계가 곧 멸망할 것이며, '마지막 왕'이 된다면 그 멸망조차 막을 수 있는 거대한 마력을 갖게 될 거라는 말이 있었다. 허공으로 마법서가 떠오르며 미스트리스의 작은 연구실 안을 가득 채우던 광채가 있었다. 그리고 미스트리스는 연구실 밖으로 나와 플레이어를 처음 발견한다. 은빛 백발을 묶어 등

뒤로 길게 늘어뜨린 미스트리스의 첫 대사는 "너, 내내 날 따라다니고 있었지?"였다. 겨우 플레이 시작한 지 3분 만에 '내내'라니. 좀 이상하지 않느냐고 하면서도 플레이어는 "그렇다"고 대답하고 "마지막 왕의 여정에 동행하고 싶다"고 미스트리스에게 제안한다. 그리고 둘은 수많은 '자격'을 얻기 위해 마법사 파티가 되어 모험을 시작한다.

미스트리스는 강해진다. 플레이어도 강해진다. 처음에는 낡은 로브와 나무 지팡이로 시작한 여정이 진행될수록 인챈트 로브와 마나 포션, 주문 스크롤, 장인의 지팡이가 등장한다. 젤소미나가 가장 많이 써놓은 부분은 미스트리스가 '얼어붙은 나무의 땅'을 지나가는 부분이었다.

얼어붙은 나무의 땅은 빙결 속성 저항을 가진 몬스터들의 서식지다. 이곳에서 미스트리스는 하얀 늑대의 혼이 담긴 목걸이를 얻었다. 미스트리스는 많이 다쳤다. 내가 힐링 마법을 제대로 쓰지 않아서였을까? 아니면 원래 다치게 되어 있었을까? 나는 게임 내내 미스트리스의 등을 보며 달렸다. 흰색과 푸른색 나무가 가득한 필드에서 미스트리스는 계속 화염 마법을 사용했다. 많이 힘들었다. 빙결에 걸리면 스크롤이 한 번에 찢어지지 않아서 캐스팅에 시간이 많이 걸렸다. 그래도 나는 이 필드가 좋았다. 미스트리스의 머리카락이 좌우로 흔들리는 걸 보는 게 좋았다.

"너희는 차가운 원망으로 이루어진 존재들이다. 돌아가라, 안식의 초원으로! 이곳이 다시 새싹의 옷을 입게 하라!" 미스트리스가 보스 몬스터인 얼어붙은 눈물과 싸울 때 했던 말이다. 그 말이 너무 좋아서 몇 번이나 다시 들었다.

미스트리스와 모닥불을 피우고 쉴 때 미스트리스는 말했다. "젤소미나, 세계가 멸망하지 않게 되면 난 뭘 해야 할까? 다시 평범한 마법사로 돌아가서 연구도 하고, 실험도 하고 그렇게 되겠지? 너와 함께. 지긋지긋한 일상을 지내려고 세계를 구해야 한다니 이상하지 않아?" 그 말을 끝내고 미스트리스는 일어서서 내게 손을 내밀었다. "어쨌든 너와 내가 선택한 길을 가자." 정말 미스트리스의 손을 잡은 것처럼 장갑에 진동이 왔다.

나는 미스트리스를 주군으로 삼은 게 다행이라고 생각했다.

얼어붙은 나무의 땅은 6챕터 중반이었다. 원래 시나리오 문서를 보면, 이 뒤에 화염의 숲을 지나고 고독한 덩굴들의 담벼락을 지나게 되어 있었다. '운명의 갈림길' 챕터인 화염의 숲까지는 예정된 시나리오대로 잘 진행되었다. 화염의 숲에서 미스트리스는 "이 세계를 지키는 것이 네게 무슨 소용인가"라는 불꽃 정령의 속삭임을 듣고 도플갱어-미스트리스와 싸운다. 그리고 승리한다. 승리 후 환영이 사라지고 다시 돌아온 필드에는 두 갈래의 갈림길이 나 있다. 라비아와 먼저 싸우는 루트와 쿼터베리온과 싸우는 루트다. 예정대로라면 8챕터의 배경인 고독한 덩굴들의 담벼락에서 다른 주군인 둘 중 하나와 만나게 되어 있었다. 그렇다고 해도 그건 왕이 되기 위해 떠나는 길에서 만나는 다른 NPC와의 이벤트 결투였다. 이렇게 미스트리스가 사라지는 건 시나리오에 없었다.

'시나리오 수정-이슈 발생' 파일을 열어보면 "미스트리스 아웃, 미스트리스는 왕위 결정전에 참가하지 않기로 함"이라는 말이 있고 그 아래 다른 부서와의 회의 요약이 남아 있다. 새 동작 업데이트 취소. 미스트리스 전용 무기 업데이트 리소스 만들지 말 것. 미스트리스 액세서리 취소 전달. 컷신 수정. 음성은? 합성 음성 사용하기로. 이후 챕터 전부 수정 필요. 건조하게만 쓰인 문서라 그때 시나리오 라이터가 어떤 생각이었는지 로운은 짐작할 수 없었다. 그 사람은 미스트리스를 좋아했을까? 좋아했든 싫어했든 시나리오상의 한 인물을 통째로 빼버린다는 것은 수많은 분기점이 바뀌는 일이다. 더 이상 미스트리스와 관계된 것은 게임에 등장할 수 없다. 미스트리스의 대사는 더 늘어나지 않는다.

급작스러운 이별이다. 로운은 마우스 휠을 아래로 아래로 내리면서 문서의 공백 부분을 들여다보았다. 게임 시나리오 기획자는 아니지만, 게임 시나리오가 어떻게 구성되는지는 짬밥으로 알 수 있었다. 어쨌거나 이렇게 하루아침에 돌아서는 이별은 맞지 않았다.

그래서 젤소미나는 미스트리스가 '마지막 왕'이 되는 이야기를 썼겠지.

화염의 숲에서 도플갱어와 싸운 후 미스트리스는 말했다. "왕이 되어서 나에게 좋을 게 뭘까. 하지만 왕이 되겠다고 나는 결심했어. 마법서가 나에게 나타난 것도, 젤소미나 너를 만났다는 것도 우연이라고 생각하지 않아. 라비아든 쿼터베리온이든 나는 상대할 거고 이길 거야." 그리고 8챕터에서 태도를 바꿔 말한다. "나는 이 세계를 지킬 수 없어. 역량 부족이라고 해야 하나. 미안해. 나는 다른 세계로 갈 거야. 그러니 젤소미나, 너와는 여기서 헤어져야 해." 최선이었을 것이다.

젤소미나의 플레이 로그에서, 책 속의 미스트리스는 다른 말을 했다.

미스트리스가 말했다. "좋아. 나는 졌어. 뼈아픈 패배네. 라비아도 쿼터베리온도 정말 강하다. 그렇지? 하지만 젤소미나, 나는 여기서 멈추기 싫어. 더 나아갈 거야. 계속 강해져서 두 사람을 이길 거야. 그렇게 해서 둘의 뒤를 잇는다면, 내가 마지막 왕이 되는 거잖아. 젤소미나, 나와 함께 가자"라고.

그리고 젤소미나는 미스트리스를 왕으로 만들었다.

시간이 지나, 대마법사가 된 미스트리스는 평화롭게 왕위를 넘겨받았다. 미스트리스는 마법으로 세계를 다스렸다. 나는 곁에서 미스트리스를 도왔다. 미스트리스의 초상화는 왕실 홀에 '마지막을 막아낸 왕'이라는 제목을 달고 걸렸다. 세계는 존재했다.

6. 우리의 엔딩으로 와요

1년도 되지 않아 그 세계는 '서비스 종료'라는 이름 아래 멸망했지. 그렇지만 젤소미나는 다른 연맹으로 넘어가지 않았을 것 같다고 로운은 생각했다. 틈틈이 젤소미나라는 플레이어가 다른 기록을 남기지 않았나 살펴보았지만 소득은 없었다. 아이디를 바꾸기만 해도 실패하는 추적이란 게 별수 있겠냐만. 로운은 5챕터 이후의 미스트리스 전용 아이템을 리스트에 적어 넣으며 젤소미나는 지금 뭘 하고 있을지 궁금해했다.

"저기, 아스."

"응?"

로운은 머뭇거리며 입을 열었다.

"이번에도 미스트리스는 7챕터에서 끝나요?"

아스는 말도 안 된다며 손사래를 쳤다.

"에이. 그런 식으로 하면 큰일 나지. 중반에 리타이어할 영웅을 누가 따르냐. 끝 챕터까지 갈 거야. 이번엔 아예 셋 다 왕이 되는 멀티엔딩 만드는 걸로 합의했어. 시나리오 작성하는 사람한테도 전달된 거니까 거의 확정이야."

"다행이네요."

아스가 싱글싱글 웃으며 로운을 올려다보았다.

"미스트리스한테 정들었나 봐?"

"정은 무슨. 은백발 계속 보고 있으려니 눈 되게 아파서 힘들었는데."

"그래? 하지만 어쩔 수 없어. 컬러는 캐릭터의 정체성이라 바꿀 수도 없고."

"네. 네. 그럼 일하러 갑니다."

로운은 기획팀 자리로 돌아가며 생각했다. 미스트리스가 아니라 젤소미나한테 정들었죠. 유감이네.

엔딩이 난 플레이 로그. 젤소미나는 아직도 〈마지막 왕〉을 기억할까? 리메이크가 된다는 말에 기뻐할까? 혹은 그런 게임이 있었지 하고 넘어갈까? 로운은 의자에 앉아서 마일스톤 문서에 "아이템 및 스토리 파악 완료"라고 적어놓았다. 내 역할은 여기까지려나.

그래도 할 수 있는 일이 있다면 좋겠는데. 얼어붙은 나무의 땅에 NPC를 하나 만들어서 젤소미나라고 이름을 붙인다거나. 아이템 이름에 젤소미나를 넣는다거나. 미스트리스가 한 번이라도 젤소미나라는 사람에 대해서 언급할 수 있으면 좋을 텐데.

하지만 그런 식으로 시스템에 사적 감정을 넣기 시작하면 끝도 없겠지. 안 될 일이야. 로운은 다른 기획 문서를 열고 아이템 사양을 입력하기 시작했다. 무엇보다도 그렇게 게임 안에 젤소미나라는 이름이 들어가면 곤란한 일이 생겨.

플레이어 네임에서 젤소미나가 금지어가 될 수도 있으니까.

젤소미나가 이 게임에 다시 접속해서 젤소미나로 플레이하는 게 제일 좋겠지.

"로운, 빌드 나왔으니까 테스트 플레이 좀 도와줘요. 그리고 여기 이 수치 확인 좀."

기획팀원이 손을 흔들며 로운을 불렀다. 로운은 슬렁슬렁 일어나며 대답했다.

"네에, 갑니다아."

이 게임, 꼭 론칭했으면 좋겠다. 백 개를 만들면 열 개가 론칭하고 하나가 살아남는 세상이라지만. 그래도 미스트리스가 왕이 되는 세계를 꼭 봤으면 좋겠어.

젤소미나가 호문쿨루스에 플레이 로그를 남겨줬으면 좋겠어.

'엔딩 보게 해드릴게요.'

성전사
마리드의 슬픔

김성일

SF와 판타지를 주로 쓰는 작가. 1997년부터 TRPG 전문 출판사 초여명의 편집장을 맡으며 『GURPS 실피에나』, 『메르시아의 별』 등의 TRPG 작품을 썼다. 2016년 『메르시아의 별』로 소설 데뷔. 이후 『메르시아의 마법사』, 『라만차의 기사』, 『올빼미의 화원』 등을 발표했다.

유일하신 신께 맹세코, 나의 플레이어는 아직도 룰을 잘 모른다. 조무래기 제국 병사 여덟 명과의 간단한 싸움이 저쪽 시간으로 한 시간에 육박하고 있는 것은 그 때문이다.

행동 선언을 기다리기 지친 듯, 조무래기 하나가 투구를 벗고 바닥에 주저앉아 파이프를 꺼내 불을 붙였다. 밤중이라 보이지 않았던 이국적인 구릿빛 얼굴이 불빛에 드러났다. 병사는 연기를 길게 빨아들이고 한숨처럼 내뱉으며, 아직 쓰러지지 않은 다른 병사들에게 말했다.

"저기, 다들 좀 쉬지. 방금 마스터가 전화 받고 온다는 소리가 들린 것 같은데."

그리고 이쪽을 향해서도 어색한 고갯짓을 했다.

나는 긴장을 풀고 검을 내리려는데, 옆에서 케냐다가 크고 화려한 지팡이로 땅을 가볍게 찍으며 못마땅한 듯 말했다.

"PC인 우리까지 풀어지면 안 되지, 마리드."

그렇게 말하는 목소리는 근엄했지만, 케냐다의 좌우에 시립해 있던 사자와 표범 정령들은 이미 아까부터 하품과 기지개를 반복하고 있었다.

역시 지루한 듯, 티샬라가 쌍두사의 단창을 양손에서 뱅글뱅글 돌리며 말했다.

"안 될 게 뭐가 있어요? 윗사람들이 룰에 조금만 더 익숙했어도 우리는 지금쯤 제국을 몰아내고 각자 자기 나라로 돌아가서 영웅 대접을 받고 있을 거라고요. 우리도 그 사람들처럼 느긋하게 갑시다."

나도 고개를 끄덕일 수밖에 없었다.

"유일하신 신께 맹세코, 제 플레이어가 너무 미숙해요. 저는 플레이에 실현되는 설정이라고 할 게 '유일하신 신께 맹세코'라는 말버릇 말고 거의 없어요. 그냥 좋은 칼을 든 전사일 뿐이죠. 우리 신을 기리는 문신이 있다고는 했는데 무슨 문신인지 감도 안 잡혀요. 아직까지 별 쓸모도 없었고요."

오른쪽 팔뚝을 걷어, 흐리멍덩한 잉크 자국을 사방에 보여주었다. 파이프를 뻐끔거리던 제국병이 참견했다.

"그런 건 어쩔 수가 없어, 마리드 씨. 그림 그릴 줄 아는 사람이 없으면 못 하는 거지 뭐."

나는 제국병에게서 재빨리 눈을 돌렸다. 적 NPC들과 괜히 친해져서 좋을 것이 없다. 케냐다가 떨떠름하게 말했다.

"적어도 자리는 지키자고. 저 사람들이 위치 관계까지 헷갈리면…."

그때 방향을 알 수 없는 곳에서 목소리가 들려왔다.

〈자, 어디까지 했죠?〉

〈제국병 여덟 명 중에서 네 명이 쓰러졌고, 우리는 아직 멀쩡하죠.〉

〈제 차례죠?〉

〈아니, 티샬라 차례인 것 같은데요.〉

〈네, 제 차례 맞아요.〉

티샬라가 입맛을 다시며 쌍두사의 단창을 두 손에 고쳐 쥐었다. 제국병들도 방패와 검을 들고 진지한 표정을 지었다. 파이프를 물고 있던 제국병은 바닥에 재를 떨고, 남은 불씨를 장홧발로 살포시 밟았다.

플레이어들과 마스터가 자리에 돌아오자, 밤의 어둠 속에서도 주변 풍경이 조금 더 뚜렷해 보였다. 아무래도 마스터가 묘사를 더 한 모양이다.

여기는 내 조국 아루샤의 어느 신전에 세워진 제국 요새의 뒤뜰이다. 정원에는 마룰라 나무가 가득하다. 본당 지구라트도 예나 다름이 없다. 그러나 부속 건물들은 대부분 철거되었고, 유일하신 신을 기리고 나타내는 글귀와 문양은 모두 파괴되었다. 대신에 제국의 두 마리 매 문장이 덧씌운 듯 새겨져 있다.

나는 유일하신 신의 계시를 받아, 이 신전에 거룩한 축복을 되돌리기 위해 왔다. 그러면 아루샤의 숨통을 쥔 제국의 손아귀에서도 힘이 빠질 것이다. 독립은 이 나라 사람들의 숙원이다. 지금도 저항군은 엄청난 희생을 치르며 제국군을 유인하고 있다. 우리가 여기 잠입할 기회를 만들기 위해….

그리고 나는 그 숙원을 이룰 신성한 의무를 지고 있다. 옛 왕가의 후손으로서, 유일하신 신의 사도로서.

"하여튼 플레이에 잘 드러나지도 않는 설정만은 거창하지."

티샬라의 단창이 마치 살아 있는 뱀처럼 교묘하게 움직여 제국병 하나를 쓰러뜨리는 것을 쳐다보며, 나는 그렇게 중얼거렸다. 케냐다가 지팡이를 두 손으로 잡고 주문을 외자, 반투명한 사자와 표범 정령이 닥쳐오는 제국병을 향해 뛰어들었다.

"마리드!"

티샬라가 부르는 소리를 듣고, 나도 검을 치켜들고 달려 나갔다. 제국병들이 단창에 찔려, 정령들에게 물어뜯겨, 검에 베여 쓰러져갔다.

전부터, 기회가 되면 물어보고 싶었다. 이 NPC들은 체념한 채될 대로 되라는 식으로 싸우고 있는지, 아니면 주사위 운에 따라서는 자기들도 주인공인 우리에게 이길 수 있다는 희박한 희망에기대어 싸우고 있는지를.

희박한 희망이라면 우리 같은 약소국들이 제국을 몰아낸다는것도 마찬가지다. 플레이어들이 하는 얘기를 들으면, 실제로 룰북에 그렇게 나와 있다고 한다. 우리가 최종적으로 제국을 이길가능성은 매우 낮다고. 계속 싸워나가다가 제국에 약간의 타격을준 뒤 영웅적인 최후를 맞이하고, 플레이어들은 다른 지방 다른나라에서 다른 영웅들로 제국과의 싸움을 계속해나가는 것이다.아니면 전부 그만두고 다른 플레이를 하러 가거나. 안 그래도 마스터가 「크툴루의 부름」 장편 캠페인을 하고 싶다는 의향을 몇차례 비친 적이 있다.

하지만 그런 생각은 안 하는 것이 좋다. 플레이어의 지식과 캐릭터의 지식은 구별되어야 하니까. 이 세계의 캐릭터로서 살고있는 이상, 주어진 역할을 충실하게 해나가는 것 외에 우리에게선택지는 없다.

저쪽 시간으로 30분 정도가 지나자 요새 뒤뜰의 병사들은 모두 정리가 되었다. 우리 세계에서 흐른 시간은 그보다 훨씬 짧았기 때문에, 이제서야 주변에서 종소리와 호각 소리가 들려오기 시작했다. 티샬라가 재촉했다.

"마리드, 비밀 통로는 어딨지? 병사들이 오기 전에 빨리 본당에 들어가야 해."

나는 어렸을 적 이 신전에 왔던 기억을 더듬어 뒤뜰에 있는 통로를 찾기 시작했다. 주사위 굴리는 소리가 들렸다. 내가 아루샤 왕가의 후손이라는 설정이 오랜만에 제구실을 해서 주사위에 2를 더해주었다. 수풀 속에 감춰진, 아직 지워지지 않은 유일하신 신의 새김무늬가 눈에 띄었다.

"여기예요."

새김무늬를 누르자 벽이 안으로 소리 없이 꺼져 들어갔다. 케나다가 음, 하는 소리로 만족을 표했다. 나는 앞장서서 안으로 들어갔다. 티샬라가 바로 뒤를 따랐고, 케나다는 뒤쪽을 경계하다가 통로가 좁다며 사자와 표범을 거두고 들어왔다. 두 정령이 방금 꺼진 굴뚝의 연기처럼 사라져갔다. 비밀 문이 닫히는 소리가 들렸다.

마스터의 묘사가 천편일률적이라, 이런 통로에서는 항상 똑같이 퀴퀴한 냄새가 난다. 그 냄새를 맡는 순간 자연히 또 어딘가 해골이 굴러다니리라 예상했는데, 용케도 그런 것은 없었다. 오히려 유일하신 신의 문장이 복도 곳곳에 남아 있는 점이 신선했다.

제국인들은 신전을 점령하여 군대를 주둔시키고도 이 길을 발견하지 못한 것이다.

〈그건 좀 이상한데요.〉

케냐다의 플레이어라고 생각되는 목소리가 들렸다.

〈뭐가요?〉

〈여기 점령된 지 10년 가까이 됐는데, 제국군이 집처럼 쓰면서도 이런 곳을 못 찾았다는 게요.〉

저 사람은 우리랑 무슨 원수를 졌는지, 좀 유리하거나 편하다 싶으면 맨날 저렇게 따진다.

〈근데 제국군이 여기를 발견했으면 아까 입구에 있던 신의 문양도 파괴했겠죠.〉

내 플레이어라고 여겨지는 사람이 반박했다. 마스터도 거들었다.

〈원래 오래된 건물의 비밀 통로 같은 건 대대로 그 집에 사는 사람도 모르는 경우가 있어요.〉

〈아까는 꽤 뻔하게 드러나 있었거든요.〉

〈그럼 좀 더 교묘하게 감춰져 있었다고 하죠.〉

건물 옆의 덤불에 감춰져 있었던 문양이 너무나 희미해서, 신의 사도인 내가 신성한 기운을 느끼고 간신히 알아보았다는 식으로 넘어갔다. 이 길에 들어온 것이 전부 무효가 되거나, 통로에 제국군이 들끓거나, 반대편이 막힐까 봐 걱정하던 나는 안도의 한숨을 내쉬었다.

케냐다도 그 얘기를 듣고 있었는지, 자기 플레이어 대신 미안하다는 표정을 지었다. 나는 저쪽에 안 들릴 정도로 낮게 속삭였다.

"마술사님 플레이어는 왜 맨날 저렇게 삐딱해요?"

케냐다도 목소리를 낮춰 말했다.

"마스터링하던 가락이 있어서 그래. 플레이어가 뭘 제안하면 별 같지도 않은 이치를 따져서 안 된다고 하는 못된 버릇이 들었지."

"마술사님이 어떻게 좀 하실 수는 없어요?"

케냐다가 쓴웃음을 지었다.

"모든 건 결국 플레이어한테서 오는 건데, 어쩌겠나? 그러려니 해야지. 내 술법으로도 그것만은 어쩔 도리가 없어."

티샬라는 별말이 없다. 손이 창 자루에서 멀리 떠나지 않는다. 쌍두사의 단창을 휘두를 수만 있으면 즐거운 것 같은데, 그것은 티샬라의 플레이어도 마찬가지인 듯하다. 티샬라는 설정도 단순하다. 카람가 정글의 부족 전사이며, 대대로 내려온 주술 무기인 쌍두사의 단창을 사용한다는 것 외에는 그냥 미인이라는 얘기만 있다. 싸움이 있을 때는 마치 춤을 추듯 멋지게 싸우지만, 평소에는 말도 별로 없고 솔직히 말해 존재감도 희박하다.

케냐다는 그 반대다. 설정이 굉장히 자세하게 되어 있다. 아가이 평야에서 영양 목축을 하는 부족 연합국의 늙은 마술사이고, 어려서부터 신기를 타고나 사자와 표범 정령을 부린다. 둘 다 이름도 있고 백스토리도 잔뜩 있지만, 다들 사자, 표범이라고만 부르다 보니 이제는 주인인 케냐다도 이름을 바로 기억 못 하는 것 같다.

통로는 이리저리 꺾이고 갈라지며 한참을 이어졌고, 안에는 별다른 것이 없었다. 지루할 수도 있었지만, 마스터가 묘사를 간단히만 하는 바람에 우리는 곧 출구에 도착했다.

닫혀 있는 돌문에 케냐다가 귀를 갖다 댔다. 주사위 굴러가는 소리가 희미하게 들렸다. 이런 사소한 것까지 판정을 해야 하나 생각하고 있는데, 케냐다가 손가락 셋을 들어 보였다.

"아까는 여덟 명이었는데 셋쯤이야."

나는 그렇게 말하고, 문 옆에 새겨진 유일하신 신의 문양에 손을 가져다 댔다. 케냐다가 한 손을 뻗쳐 말렸다.

"아까는 잡병이었지만, 이놈들도 그런지는 모르지."

한참을 아무 말도 없던 티샬라가 입을 열었다.

"그렇다고 여기 있어봤자 뭐가 달라져요?"

벌써부터 창 자루를 붙잡고 있다. 나는 이 통로가 어디로 이어지는지 기억을 더듬어보았다. 또 주사위 굴러가는 소리가 들렸다.

"아, 진짜!"

전혀 기억이 나지 않았다. 케냐다가 말했다.

"그럼 열고 들어갈까?"

의견을 묻는 것 같지만 사실 다른 선택지가 있는 게 아니기 때문에, 저것은 재촉하는 말에 지나지 않는다. 나는 당장이라도 싸울 수 있도록 검을 쥐어 들고, 팔꿈치로 문양을 눌렀다.

소리 없이 문이 열렸다. 케냐다가 말한 대로 세 사람이 있었다. 이쪽을 쳐다보고 눈을 휘둥그렇게 뜨고 있다. 제국 병사가 아니라, 제국군의 허드렛일을 하는 듯한 이 나라 사람들이다.

〈소리를 못 지르게 해야겠지요.〉

케냐다의 플레이어가 그렇게 말했다.

〈그래야겠지요. 정확히 어떻게 하나요?〉

마스터가 되물었다.

〈달려들어서 입을 막나? 한 사람이 한 명씩….〉

〈그건 좀… 수가 같다고 해도 어려울 것 같은데요.〉

〈아루샤 사람들일 테니까 제가 안심시켜볼게요.〉

내 플레이어가 그렇게 말했다. 그 말이 옳다. 여기서는 유일하신 신의 사도이고 왕가의 후손이며, 우리 나라 사람이라면 누구나 알아보는 으리으리한 성검을 들고 있는 내가 나설 때다. 사실 아루샤 땅이 무대가 된 시점에서는 내가 세 주인공들 중에서 좀 더 주인공인 것이 옳다. 지난번 아가이 평야에서는 케냐다가 코끼리 무리를 몰고 제국군을 박살 냈던 것처럼, 이번 이야기에서는 내가 활약하는 것이 공평하다.

그러나 케냐다의 플레이어는 생각이 달라 보였다.

〈정령술로 여기의 공기를 바깥과 차단하겠습니다. 소리가 전달되지 않게요.〉

〈그런 게 돼요?〉

내 플레이어가 항의에 가깝게 물었다.

〈공기의 정령한테 부탁하는 식으로….〉

〈하지만 소리가 공기를 통해서 퍼진다는 걸 케냐다가 알까요?〉

〈우리 세계의 역사에서는 모를 수도 있겠지만, 정령술을 쓰는 마술사라면 지구의 옛 사람들이 몰랐던 사실들도 많이 알겠죠.〉

그러더니 케냐다의 플레이어는 룰을 줄줄 읊기 시작했다.

〈…그렇게 하면 주사위에 플러스 4 정도는 받을 수 있겠죠?〉

마스터가 어쩔 수 없다는 듯이 말했다.

〈네. 그런데 익숙지 않은 상황이고 급하게 하는 거니까 난도가 그만큼 높습니다. 그리고 이거 실패하면 다른 걸 시도할 기회는 없어요.〉

〈해볼게요. 괜찮지요? 일단 소리를 차단하고 나면 마리드가 천

천히 설득할 수도 있겠고요.〉

뒤쪽 말은 무슨 선심이라도 쓰는 듯하다. 케냐다가 다시금 미안해하는 표정을 지었다. 그러나 내가 항의할 수는 없는 노릇이다. 캐릭터의 활약 배분은 우리들의 문제가 아니라 저 사람들의 문제니까. 우리 입장에서는 공기를 차단하든 왕가의 후예가 설득을 하든, 다른 무슨 수를 쓰든, 당면한 상황이 해결되기만 하면 된다.

그러나 좀 기분이 상하는 것은 사실이다.

케냐다가 급히 지팡이를 휘두르며 주문을 읊었다. 주변이 마치 일그러진 유리를 통해 보는 것처럼 왜곡되는가 싶더니, 소리가 차단되기는커녕 풍선이 터지는 듯한 펑 소리가 났다. 케냐다가 중얼거렸다.

"제국놈들이 여기서 무슨 짓을 하고 있었는지 몰라도 정령의 심기가 불편하군."

댈 핑계를 대라. 주사위가 잘 안 나왔을 뿐이지 않은가. 세 일꾼은 놀라서 소리를 지르며 반대편의 계단 위로 도망치기 시작했다.

"쫓아가서 죽일까요?"

아침 식사로 달걀이라도 먹겠느냐고 하는 듯한 말투로 티샬라가 물었다.

"유일하신 신께 맹세코 절대 안 돼요!"

아무리 그래도 우리 백성이다. 이런 데서 함부로 죽이면 안 된다.

"여하튼 여기서 지체하면 적들에게 잡힐 뿐이야."

케냐다가 그렇게 말하고 방에 먼저 들어섰다. 나도 그 뒤를 따랐다. 티샬라가 계속 일꾼들이 도망친 계단을 훔쳐보았다.

방은 세탁실이었다. 돌을 깎아 만든 경사진 도랑에 물이 흐르고 있고, 그 옆에는 제국군의 옷가지가 널려 있었다. 속옷도 있고, 대부분은 제복이다. 내 나라의 사람들, 이곳의 주인이어야 할 사람들이 침략자들의 빨래를 해줘야 한다는 생각에 마음이 무거웠다.

〈어차피 여기가 신전이던 때에도 세탁실은 있었죠? 그럼 누군가는 여기서 사제들의 빨래를 했다는 얘기잖아요. 아마도 하인이나 노예가.〉

〈뭐, 이 작품에서도 얘기하고 있는 모순이죠. 토착 지배 세력이 제국보다 과연 나은가. 물론 기본적인 답은 그 나라에 어떤 문제가 있어도 그 나라 사람들이 해결할 일이고, 제국이 그런 문제를 해결해주려고 온 게 아니라는 거지만요.〉

사실, 아까 것은 내 생각이라기보다는 나의 플레이어가 입 밖에 뱉은 심리 묘사다. 마스터와 다른 플레이어들은 그 말에 반응하고 있는 것이다. 어쩌면 내 머릿속의 생각이 전부 다 심리 묘사인지도 모르겠고, 그 둘 사이에 구별이 있는지조차 잘 모르겠다. 신경 쓰는 것을 포기했지만, 때로는 잠을 설치기도 한다.

그나저나 비밀 통로가 이어진 곳이 우연히도 세탁실이었다니, 마치 누가 미리 안배해둔 것처럼 유리한 상황이다. 케냐다도 티샬라도 제국군의 옷으로 갈아입기 시작했다.

〈우리는 피부가 검으니까 눈에 띄지 않을까요?〉

내 플레이어인 것 같다. 설정을 제대로 안 읽은 모양이다. 제국군은 세계 각지의 속국에서 병사들을 모아 오기 때문에, 생김새는 다들 제각각이다. 마스터가 바로 그 점을 지적했고, 내 플레이어는 아하, 하는 소리를 냈다.

나는 케냐다의 차림새를 위아래로 훑었다.

"티샬라의 단창과 제 검은 적당히 옷 아래에 감출 수 있겠지만, 마술사님의 지팡이는 어쩌죠?"

케냐다는 어깨를 으쓱했다.

"여기 두고 가는 수밖에. 없어도 술법을 쓸 수는 있어. 조금 어려워질 뿐이지."

케냐다는 그렇게 말하고, 도랑 곁에서 빨랫방망이를 하나 주워 들어 허리춤에 꽂았다.

티샬라가 제일 먼저 옷을 갈아입고 케냐다와 나를 향해 서두르라는 손짓을 했다. 여기서 나가는 길은 아까의 비밀 통로 외에는 계단밖에 없다. 저기로 올라가면 신전, 아니 제국군 요새의 심장부가 나온다. 그곳에 있는 대제단을 약식으로나마 복구하고 유일하신 신께 예배를 올려 신전을 축성하면 다시 신성한 힘이 흐를 것이다. 하지만 제국군이 쫓아올 때까지 마칠 수 있을까?

이 신전의 대제단, 한때 유일하신 신께 기도를 올리고 음식과 술을 바치던 제단은 지구라트의 최상층에 있다. 이제는 요새 사령관 도미티아가 연회를 열 때 테이블로 쓰고 있다고 한다. 생각만 해도 피가 거꾸로 솟았다. 마음을 진정시키기 위해 기도문을 읊고 있는데, 그때 마음에 걸리는 소리가 들렸다.

〈그런데 설정상, 아루샤 왕국은 제국이 오기 전에 이민족들을 핍박했잖아요? 변경 마을을 점령해서 강제로 개종도 시키고, 마술사를 잡다가 죽이기도 하고. 그건 제국이랑 똑같네.〉

〈아루샤 유일신교의 성전사랑 같이 다니다 보면 케냐다는 감회가 남다르겠네요. 지금 60세? 그쯤 됐죠?〉

〈예순넷이에요. 제국이 오기 전에는 아루샤 왕국을 상대로 비슷한 싸움을 했었다는 설정이지요.〉

플레이어들의 그런 대화를 배경으로, 케냐다가 말했다.

"그 기도 소리 내 귀에 좀 들리지 않게 해주겠나? 옛날 생각이 나서 정신이 사납군."

나는 속으로 비명을 질렀다. 이것은 케냐다의 플레이어가 좋아하는, 이른바 'PC 간의 갈등'으로 이어지는 미끼다. 내 플레이어가 이것을 덥석 물면, 나는 내 신의 신전에서 내 신에게 기도하는데 당신이 웬 참견이냐고 쏘아붙일 것이다. 제국군에게 들키지 않으려고 군복까지 훔쳐 입고 숨을 죽인 마당인데도 말이다.

지금 그랬다가는 아마도 마스터가 그 말다툼을 제국군이 눈치채는지 보겠다고 싱글벙글 웃으며 주사위를 굴릴 것이다. 여기서 나는 사과의 눈짓 정도를 하고 기도를 멈추는 것이 상책이다. 기도는 대제단에 도착하면 설령 싫어도 해야 하는데, 여기서 내가 고집을 부릴 이유가 없다.

하지만 케냐다의 플레이어는 이 팀에서 나이가 제일 많고 TRPG 경력도 길다. 이 사람이 던지는 미끼는 웬만하면 통한다. 마치 우리 일행에서 나이와 경험이 제일 많은 케냐다의 발언권이 제일 센 것처럼….

〈음, 어쩌지? 일단 여기서는 양보하는 게 맞을 것 같네요. 유일하신 신이 내린 임무가 우선이니까.〉

내 플레이어가 의외로 합리적인 판단을 해주었다. 이 사람에게 고맙다는 기분이 드는 것은 처음이다. 케냐다의 플레이어도 더 이상 미끼를 흔들지는 않았다. 나는 케냐다에게 알았다고 하고 입을 다물었다. 티샬라는 우리를 번갈아 쳐다보고는 만족한 표정으로 앞장서서 계단을 올랐다.

제국군의 차림을 하고 세탁실에서 나오자 요새의 복도였다. 새하얀 진흙을 바른 벽 곳곳에, 이 지역 주둔군인 제74군단의 군기들이 줄지어 걸려 있다. 깃발이 하나같이 빳빳한 새것인 것만 보아도 보급 상태와 기강을 짐작할 수 있었다. 세탁실에서는 희미하게만 들렸던 종소리와 병사들의 발소리가 복도를 쩽쩽 울렸다. 아마도 방금 뒤뜰에서 제국병 여덟 명을 죽인 반란 분자들을 찾고 있는 모양이다.

그러나 아무도 세탁실 쪽을 눈여겨보고 있지는 않다.

"아까 도망친 세 사람은 우리를 일러바치지 않은 모양이군요."

나는 그렇게 말하면서 약간 가슴이 부풀었다. 그 셋은 갑자기 벽이 열리면서 나타난 우리를 보고 놀라 도망치기는 했어도, 유일하신 신의 사도가 그중에 있는 것을 뒤늦게나마 깨달았을 것이다.

병사들은 바쁘게 움직이고 있지만, 우리가 세탁실에서 제국군으로 변장했을 것이라는 데까지는 아직 생각이 미치지 않은 모양이다.

"적들이 정말 많군."

티샬라의 목소리에서는 걱정이 아니라 기대와 희열이 느껴졌다. 아무에게나 싸움을 걸지 않기를 바라며, 나는 제국병의 걸음걸이를 흉내 내며 복도를 걸었다.

"마술사님, 올라갈 길이 먼데 괜찮으시겠어요?"

유일하신 신이 하늘에 계시다는 이유로, 대제단은 신전의 꼭대기에 있다. 계단을 잔뜩 올라가야 하는데, 케냐다는 노인이다. 평소 몸을 의지하던 지팡이는 세탁물 더미 속에 두고 왔다. 그러나 케냐다는 괜찮다고 손사래를 쳤다.

"정령의 힘을 빌어서 이 늙은 몸을 받치면 되지."

아까 그 꼴을 겪고도 또 술법을 쓸 모양이다. 케냐다의 플레이어가 '중력의 정령'을 운운했지만, 마스터가 받아들이지 않았다. '바람의 정령'이라고 말을 고치자 마스터도 고개를 끄덕였지만, 한마디를 덧붙였다.

〈그런데 제국군이 모여 있는 요새에서 술법을 쓰는 거니까, '아가이 평야의 마술사'라는 면모가 역발현될 수 있다는 점은 생각을 해주세요.〉

우리들은 TRPG의 룰을 알지 못한다. 누군가가 책을 보여주면 좋겠다고 생각한 적은 많지만, 이루어질 수 없는 소원이다. 그래서 '면모'가 무엇인지, '역발현'이 무엇인지도 알지 못한다. 하지만 분위기를 봤을 때, 적진 한가운데에서 술법을 쓰면 뭔가 안 좋은 일이 생길 수도 있다는 뜻임은 대충 짐작이 갔다.

주사위가 구르는 사이 케냐다는 간단한 주문을 읊었고, 마치 소년 같은 발걸음으로 앞장서서 계단을 올라갔다. 시원한 바람이 내 뺨을 스치고 지나가 케냐다의 등을 밀었다.

계단은 실외로 이어졌다. 원래 여기에 난간이 없었던가? 몸을 의지할 것이 하나도 없다. 자칫하면 저 까마득한 아래로 굴러떨어질 듯하다. 그래서 그런지, 이 높이까지 올라오자 제국병은 거의 보이지 않았다.

여기서는 북쪽 멀리 수도의 불빛이 보였다. 밤이라 도시는 그야말로 반딧불 무리 같다. 옛날이라면 등잔과 횃불이 붉고 노란 꽃밭을 이루었겠지만, 이제는 제국이 들여온 마동기관이 밝히는 도깨비불 같은 푸른색이 지배한다. 그것은 그 나름대로 아름다운 야경이다.

제국의 마동기관은 실로 대단하다. 밤을 밝히는 차가운 불을 만들고, 말 없는 수레를 움직인다. 이 요새에만도 마동기관으로 움직이는 전차가 몇 대는 있다.

케냐다가 그 가벼운 발걸음을 멈추고 나를 쳐다보았다. 또 'PC 간의 갈등'을 일으키려는 건가 싶어 잠시 긴장했지만, 케냐다는 수도의 불빛을 가리키며 처음 듣는 슬픈 목소리로 말했다.

"마리드, 저 찬란한 불빛들을 누가 만들고 있는지 아는가?"

나는 고개를 저었다.

"내 형제 자타일세."

고개가 숙여졌다. 마동기관은 마법사의 미라를 납관에 넣어서 만든다. 제국이 마법사 사냥에 혈안인 것도 그 때문이다. 아루샤의 밤을 밝히는 마력을 만들고 있는 것은 케냐다의 육친인 것이다. 케냐다가 계속 말했다.

"저것 하나 때문에라도, 나는 제국을 이 땅에서 몰아내야만 해."

아까 케냐다가 시비를 건 것 때문에 조금 꽁해 있던 것이 부끄럽게 느껴질 지경이었다. 나는 칼자루를 어루만지며 말했다.

"유일하신 신께 맹세코, 그날이 올 때까지 결코 쉬지 않겠습니다."

계단을 오르는 내내 아무 말 없던 티샬라도 입을 열었다.

"나두요."

어디서 당황스럽게 큰 웃음소리가 들렸다.

〈…'나두요'라구요? 찹쌀떡 팔아요?〉

〈뭔가 말을 해야 할 것 같은데 딱히 생각나는 게 없었어요. 이상해요?〉

〈아뇨, 딴 사람은 몰라도 티샬라한테는 어울려요!〉

플레이어들이 다들 웃었다. 이 사람들은 우리가 기뻐도 웃고 슬퍼도 웃고 절체절명의 위기에 처해도 웃는다. 처음 몇 번은 어리둥절했지만, 나는 곧 플레이어와 캐릭터의 처지가 완전히 다르다는 것을 깨달았다. 저 사람들은 우리를 응원하지만, 우리의 모든 것을 보고 즐거워한다. 성공하건, 좌절하건, 울건, 웃건 간에,

우리의 이야기가 계속되기만 하면 플레이어들은 기쁜 것이다. 나는 그것이 때때로 조금 서글펐다.

평소 무표정하던 티샬라의 얼굴에 시무룩한 기운이 드리워졌다. 나는 속삭이듯 물었다.

"왜 그래요?"

티샬라가 저쪽에 안 들릴 정도로 조용히 말했다.

"나라고 멋있는 대사 하기 싫은 건 아니거든요?"

"네?"

"카람가 정글에도 학문이 있고 시가 있어요. 설정에도 나오지만 나도 나름대로 교육을 받은 사람이라구요. 내가 말주변이 없는 게 아니에요. 플레이어가 노력을 안 하는 거지."

케냐다가 위로했다.

"말 몇 마디가 그렇게 중요한가? 티샬라 자네는 싸우는 솜씨가 일품이잖아. 적도 넋을 잃고 바라볼 정도로."

티샬라가 한숨을 쉬었다.

"전투 묘사만큼 대사에도 신경 써주면 좋겠네요."

티샬라의 기분이 처졌기 때문인지, 아니면 그 대화 자체를 이어갈 말이 생각나지 않았기 때문인지, 우리 사이에는 잠시 어색한 침묵이 돌았다. 하지만 그간의 결의가 한 겹 더 두터워진 것도 느껴졌다. 나는 계단 위를 가리키고 다시 걸음을 재촉했다. 오래지 않아 계단은 다시 실내로 이어졌다.

"꼭대기까지는 얼마나 남은 거지?"

바람의 정령이 돕는다고는 해도 케냐다는 역시 노인이다. 얼굴에 지친 기색이 보이기 시작했다.

"조금만 더 가면 됩니다."

케냐다가 투덜거렸다.

"요새 사령관 도미티아는 제단을 연회용 테이블로 쓴다고 하던데, 손님들에게 이 높이를 오르내리게 한다는 건가?"

내 플레이어의 목소리가 들렸다.

〈그러게요? 설정의 허점인가요?〉

마스터가 단호하게 말했다.

〈아닙니다. 그걸 알아채셨으니 이제 곧…. 아, 잠깐만 쉬었다 하죠.〉

다시 휴식 시간이다. 우리 셋은 그 말을 듣고 계단에 나란히 걸터앉았다. 티샬라가 말했다.

"곧 전투가 있을 것 같은데."

내가 물었다.

"왜요?"

"방금 들었잖아? 설정의 허점이 아니라고 하고 잠깐 쉬자고 한 거."

케냐다도 눈치를 챘다는 듯 고개를 연신 끄덕였다.

"듣고 보니 그렇군."

나는 도무지 무슨 이야기인지 알 수 없었다. 어리둥절해하는 것이 표가 났는지, 티샬라가 설명을 했다.

"앞뒤가 안 맞는 설정이 나왔으니 마스터는 땜빵을 해야 하는데, 그러려면 시간이 필요하니까 쉬자고 한 거야."

"하지만 그게 전투랑 무슨 상관이에요?"

"지금까지 겪은 일을 생각해봐. 이렇게 급하게 뭘 만들어 넣을 때 갑자기 적들이 나타나지 않은 적이 있는지."

아하, 하는 소리가 절로 나왔다. 티샬라가 이야기를 계속했다.

"분명 뭔가 말이 될까 말까 한 설명을 대충 만들고, 그 허술함을 눈가림하기 위해서 싸움을 일으킬 거야. 지금까지 서너 번은 써먹은 수법인데."

정확히 언제 써먹었는지는 기억이 나지 않았지만, 논리는 납득이 갔다.

휴식 시간 동안, 플레이어들은 제국인들이 이 신전의 계단을 어떻게 오르내리고 있을지 잡담을 해댔다. 마동기관을 이용한 "엘리베이터"나 "에스컬레이터"가 가장 많이 언급되었다. 우리는 우리 나름대로, 엘리베이터와 에스컬레이터가 어떤 장치일지 추측을 나누었다. 양쪽 다 일종의 자동 사다리일 것이라는 결론에 도달했다.

〈자, 이제 계속하지요.〉

마스터가 휴식 시간의 종료를 선언했고, 우리는 자리에서 일어났다. 바로 그때, 위쪽에서 철컹거리는 기계음이 들리기 시작했다.

"내가 뭐랬어."

티샬라가 속삭였다. 케냐다는 소리가 나는 방향에 눈을 고정시키고 왼손을 뻗어 허공을 더듬다가, 기억났다는 듯 중얼거렸다.

"지팡이를 놓고 온 게 아쉽군."

철컹거리는 소리가 가까워졌다. 나는 제국 병사들이 지구라트의 벽을 따라 세워진 자동 사다리를 타고 올라오는 상상을 했다. 사다리에 넓은 발판이 붙어 있고, 거기에 중무장한 병사 예닐곱 명이 타고 있는 모습이다.

낮에 보았다면 놓칠 수가 없는 기괴한 풍경일 것이고, 그런 장치가 있다면 우리가 모르고 있을 리가 없다. 티샬라가 휴식 시간에 "허술함을 눈가림"한다고 말한 것이 떠올랐다. 플레이어들은 닥쳐오는 병사들에 집중하느라, 자동 사다리의 어색함을 그냥 넘어가줄 것이다. 그 병사들과 싸워야 하는 것은 물론 우리다.

그러나 현실은 더욱 기괴했다. 소리가 나는 방향으로 조심스럽게 걷는데, 다시 실외 계단으로 이어지는 아치 문간 앞을 시퍼런 조명이 비췄다. 기계음은 그 어느 때보다도 크게 울렸다. 뭔가가 걸어오는 것 같은 척, 척 하는 소리도 들렸다.

티샬라가 낼름 앞으로 달려가 문간 너머로 고개를 내밀고 숨죽인 탄성을 내질렀다.

"마동전차가 계단을 내려오고 있어."

케냐다도 나도 티샬라의 곁에서 계단 위를 올려다보았다.

여섯 개의 기계 다리 위에 상자 같은 것이 얹힌 장치가 눈에 들어왔다. 계단의 절반을 조금 넘는 폭이다. 뒷다리는 반쯤 접고 앞다리는 길게 뻗어서, 상자는 경사를 내려가면서도 기울어 있지 않았다. 그 위에는 붉은 망토를 두른 제국군 장교 세 명이 타고 있다. 자동 쇠뇌가 달린 기계 팔 한 쌍이 상자의 앞뒤를 장식하고 있었다.

케냐다가 말했다.

"일단은 숨어서 지나가기를 기다리는 게 좋겠군."

〈숨을 만한 곳이 있나요?〉

케냐다의 플레이어가 물었다. 마스터가 머뭇거리더니 대답했다.

〈음, 없어요.〉

〈우리가 지금까지 지나온 실내 계단과 통로에 방이 하나는 있지 않을까요?〉

마스터가 또 머뭇거리다가 대답했다.

〈도로 좀 내려가면 있을 텐데, 저 전차가 어디까지 내려올지도 모르고, 아래에서 올라오는 병사들에게 협공을 당할 위험도 있어요. 방문이 잠겨 있지 않다는 보장도 없고요. 자, 빨리 결정하지 않으면 곧 들킵니다.〉

티샬라가 쌍두사의 단창을 두 손에 꼭 쥐고 입술을 핥았다. 이럴 때는 항상 싸움이 벌어진다. 벌어질 만하지 않은 싸움도 티샬라가 일으켜버린다. 게다가 아무래도 이번에는 우리가 전차와 싸우는 모습을 마스터가 보고 싶어 하는 듯했다.

케냐다의 플레이어는 어떻게든 싸움을 피하고 싶은 모양인지, 숨거나 피할 방법을 한두 가지 더 제안했다. 마스터는 그때마다 그 방법이 통하지 않을 이유를 만들어냈다.

〈그냥 싸우죠?〉

티샬라의 플레이어가 말했다. 내 플레이어도 동의했다.

〈전차는 상대하기 어렵지만, 운전수만 제거하면….〉

〈분명 우리를 발견하는 즉시 뚜껑이 덮일걸요.〉

〈마스터한테 공연한 아이디어 주지 마세요!〉

내 플레이어가 말했다.

〈문간까지 왔을 때 확 달려들어서 계단 너머로 밀치는 건 어때요?〉

케냐다의 플레이어가 숨을 방법을 제안할 때는 미지근했던 티샬라의 플레이어가 이번에는 반응했다.

〈아, 그거 멋있다!〉

아까와는 분위기가 다르다. 보이지는 않았지만, 플레이어들의 시선이 마스터에게 집중되는 것이 내게도 느껴졌다. 휴식 시간과도 같은, 시간 같지 않은 시간이 시작되었다. 우리는 긴장을 풀고 플레이어들의 대화에 귀를 기울였다.

마스터가 말했다.

〈명색이 제국의 마동전차잖아요. 밀친다고 그렇게 쉽게 쓰러지지 않을 것 같은데….〉

케냐다의 플레이어가 반박했다.

〈난간도 없는 오래된 계단을 내려오고 있는 지금 안 넘어지면, 평지에서는 넘어뜨릴 방법이 없다는 얘기잖아요?〉

〈슈퍼 오뚜기인가!〉

웃음이 울렸다. 이제 마스터는 어쩔 수가 없다.

〈좋습니다. 하지만 계단용이니까 어느 정도 안정성을 강화했을 거고요. 여러분이 달려오는 걸 보고 피하는 것까지 감안해서 난도는 좀 높습니다.〉

그리고 마스터는 기능이 어쩌고 난도가 어쩌고 하는, 나로서는 이해는커녕 귀에조차 잘 들어오지 않는 이야기를 했다.

플레이어들도 나름대로 자기들끼리 무언가를 계속 얘기했다. "협력 보너스"니 "면모 발현"이니 하는 말들은 뜻을 알 수 없었지만, 각기 자기의 장기를 발휘해서 힘을 합친다는 요지는 이해가 되었다.

마스터가 중간에 툭툭 던지는 말에서 약간의 짜증이 느껴졌다. 즉석에서 해낸 좋은 생각이랍시고 등장시킨 기괴한 전차가 주사위 굴림 한 번에 지구라트 저 아래로 굴러떨어지는 것이 아무래도 불만인 모양이었다.

시간이 원래대로 되돌아왔다. 우리는 서로 눈을 마주치고 고개를 끄덕인 뒤, 약속이라도 한 것처럼―실제로 우리의 플레이어들은 약속을 했지만―앞으로 걸어 나갔다. 나는 유일하신 신의 이름을 외쳐 성검에서 힘을 끌어냈고, 티샬라는 호흡을 가다듬어 배에 기운을 모았다. 케냐다가 짧은 주문을 읊자, 옆에서도 느껴지는 강풍이 그 두 손을 감쌌다.

주사위가 굴렀다. 마동전차가 철컹거리며 계단을 내려와 옆구리를 드러낸 순간, 우리는 달려들어 있는 힘을 다해 밀었다.

〈오오, 플러스 4!〉

〈플러스 4!〉

〈플러스 4!〉

플레이어들이 이구동성으로 소리쳤다. 플러스 5나 플러스

6이라는 외침은 들어본 적이 없다. 플러스 4가 이 주사위에서 나올 수 있는 제일 높은 눈일 것이라고 짐작했다.

마동전차의 여섯 다리가 마치 취한 개미처럼 비틀거렸다. 그 위에 탄 제국군 장교 세 명은 뛰어내리려 했지만 이미 때는 늦었다. 제국군들은 난간도 없는 계단의 절벽 아래로 전차와 함께 떨어져갔다. 제국군 한 명이 한 손으로 간신히 가장자리에 매달려, 우리를 향해 살려달라는 듯이 손을 뻗었다.

내 플레이어가 말했다.

〈손을 마주 뻗어서 잡겠습니다.〉

티샬라의 플레이어가 말했다.

〈정말요? 심문하려고요?〉

〈생명을 아끼는 유일하신 신의 성전사다운 것 같아서요.〉

맞는 말이다. 내가 하고 싶었던 바로 그것을 말해주었다. 나는 그 순간, 내 플레이어에게 관심을 느꼈다. 저 사람은 나를 이해하고 있다. 나는 저 사람을 이해할 수 있을까? 저 사람은 우리의 이야기를 떠나서는 과연 어떤 삶을 살아가고 있을까?

마스터가 내 플레이어에게 난이도를 말했다. 주사위가 굴렀다. 나는 추락하는 제국군 장교를 한 손으로 공중에서 낚아챘다. 그리고 아득한 인공의 절벽 너머로 매달듯 들어 올렸다.

"사… 살려줘."

장교가 애원했다. 평소라면 위엄 있을 붉은 망토도 바람에 펄럭이는 모습이 도리어 위태로워 보였다.

피부가 허여멀건 것을 보면 제국 본토인은 아니다. 분명 북쪽 어느 먼 곳에서 제국군에 들어와 장교의 자리에까지 올랐을 것이다. 케냐다와 티샬라의 시선을 느끼며, 나는 이 이방인을 계단에 주저앉혔다.

"이름이 뭐야?"

침묵이 드리워졌다. NPC가 이름을 댈 때면 자주 등장하는 침묵이다. 종이 넘기는 소리가 들리는 일도 많다.

"…마그누스."

"제국 이름 말고, 진짜 이름."

다시 침묵이 짧게 일었다.

"…토르발드 시구르드손."

"좋아, 토르발드. 위에 뭐가 있는지 얘기해."

"살려줄 건가?"

나는 티샬라와 케냐다와 눈을 마주쳤다. 둘 다 고개를 끄덕였다.

"유일하신 신께 맹세코, 바른대로 말하면 죽이지 않겠어."

내 플레이어가 물었다.

〈설득하는 데 판정 필요한가요?〉

마스터가 대답했다.

〈괜찮아요. 아까 떨어져 죽을 뻔한 걸 끌어 올린 판정으로 충분하다고 하죠.〉

목소리가 아까보다 좀 누그러져 있다. 비록 원했던 전투는 못했지만, 이 장면이 마음에 드는 모양이다.

"사령관님이 있소. 마동갑병 세 명이 호위를 하고 있지. 당신들은 올라가면 살아남지 못할 거요. 지금 서둘러 도망치지 않으면…."

케냐다가 말했다.

"방금 저 깡통이 굴러떨어지면서 요란한 소리를 냈으니, 제국놈들도 분명 이상하다는 눈치를 챘을 거야. 기습은 어렵다고 봐야겠지."

티샬라가 토르발드에게 직접 물었다.

"사령관이 이 밤중에 저 꼭대기에서 뭘 하고 있는데? 호위병까지 데리고."

토르발드는 잠깐 망설였지만, 티샬라의 부릅뜬 눈을 보더니 겁먹은 얼굴로 대답했다.

"그건 나도 정확히는 몰라. 이 요새의 옛 비밀을 이용해서 반란군을 일거에 소탕할 거라고 하셨소."

나는 배 속이 차갑게 녹아내리는 듯한 기분이 들었다. 제국은 이 신전에 깃든 힘을 끌어내 자기들의 목적에 이용할 방법을 알

아낸 것이 분명하다. 신전에 축복을 되돌려야 한다는 계시가 내린 까닭도 이제야 이해가 갔다.

케냐다도 같은 생각을 했는지, 근심 어린 눈으로 나를 바라보았다.

"마리드, 자네는 이 신전에 1,000년의 숭배와 기도가 담겨 있다고 말했지."

"예. 유일하신 신을 기리는 글귀와 조각이 다 파괴된 지금은 주인 없는 힘이 되었지요. 조상들의 신심이 그 후손들을 죽이는 무기가 될 줄이야⋯."

모두가, 심지어는 토르발드마저 긴장하고 있는데 다시 플레이어들의 목소리가 들렸다.

〈그림 나오는데요.〉

〈적어도 "나두요"보다는 멋있네요.〉

〈이런 전환이 딱 타이밍 좋게 나와주면 좋아요.〉

또 웃음이 일었다. 마스터는 도로 기분이 좋아진 듯했다.

〈자, 자. 그러면 이제 어떻게 하나요? 토르발드의 제안대로 도망치나요?〉

우리라면 그럴 가능성이 아예 없지는 않겠지만, 플레이어들은 절대 그럴 리가 없다.

〈올라가서 제국의 야욕을 분쇄해야죠!〉

〈보스전이다!〉

〈저는 지팡이 두고 온 게 정말 아쉽네요.〉

마스터가 넌지시 힌트를 주었다.

〈도미티아 사령관은 분명 마동기관으로 제단에 뭔가 하고 있을 거 아녜요? 지팡이가 없어도, 마법사가 활용할 수 있는 면모가 있을 거예요.〉

나는 칼자루로 토르발드의 뒤통수를 겨누었다.

"셋을 세면 때린다."

"알았소."

"하나."

둘까지도 셀 것 없이 후려쳤다. 토르발드 시구르드손은 정신을 잃고 바닥에 쓰러졌다.

우리는 다시 계단을 걸어 올라갔다. 바람의 정령이 더 이상 도와주지 않는지, 케냐다의 걸음이 힘겨워 보였다. 티샬라가 부축하려 하자, 케냐다는 손을 내저었다.

"괜찮아, 괜찮아. 고작 계단을 올라가는 데 자네들의 도움을 받으면 저 위에서 어떻게 싸운다는 말인가?"

"노인장, 공연한 고집부리지 말고 여기서 힘을 아껴요. 마술사의 힘은 다리 근육에서 오는 게 아니잖아요."

케냐다는 음, 하고 불만스러운 신음을 낸 뒤 티샬라의 어깨에 몸을 의탁했다. 나는 그 모습을 보고 앞장서 나갔다.

신전의 꼭대기에, 대제단에 가까워올수록 성검이 전에 느끼지 못한 진동을 일으켰다. 이 검이 만들어진 것이 바로 저 제단이다. 제단이 더럽혀져 침략자들의 목적에 이용되는 것을, 유일하신 신의 성검도 슬퍼하고 있다.

〈묘사도 서술도 다들 아까보다 훨씬 풍부하시네.〉

〈네, 네. 색깔이 있어요.〉

얼굴은 보이지 않지만 표정을 상상할 수 있는 어조였다.

〈분위기가 무르익어서 그렇죠. 자, 이제….〉

드디어 꼭대기가 보였다. 유일하신 신의 거룩한 대제단, 하도 검어서 마치 공간 자체에 난 네모진 공백처럼 느껴지는 제단이 제일 먼저 눈에 들어왔다. 그 주변은 흉흉한 보라색, 제국 마법의 색깔을 한 불빛들이 유령처럼 감돌고 있다.

제단의 위에는 납으로 된 상자가 얹혀 있다. 상자에는 쇠사슬이 칭칭 감겨 있다. 제국의 마동기관이다. 안에는 마법사의 미라가 들어 있다는….

케냐다의 눈이 휘둥그레졌다.

"…자타! 내 형제여…!"

마스터가 황급히 끼어들었다.

〈어, 저게 자타라는 말은 안 했는데요.〉

케나다의 플레이어가 말했다.

〈그렇다고 하면 안 될까요? 개인적인 연관성이 깊어지면 좋잖아요.〉

티샬라의 플레이어도 거들었다.

〈좋은 것 같아요.〉

마스터도 별 반발 없이 그렇다고 하자고 했다. 내 플레이어는 아무 말이 없었는데, 거기서 이유를 모를 긴장이 느껴졌다.

제단의 건너편에는, 원래대로라면 사제들이 서 있어야 할 자리에 버티고 선 제국군 네 명이 보였다. 모두가 마동갑주를 입고 있다. 그중 금속 지팡이를 짚고 선 자는 투구에 붙은 황금 월계관 장식으로 보아 사령관 도미티아임이 분명했다.

나는 검을 앞으로 뻗고 소리를 쳤다.

"멈춰라!"

제단을 사이에 두고, 우리는 아루샤의 적들, 유일하신 신의 적들과 마주했다. 손도 대지 않았는데 도미티아의 투구 면갑이 좌우로 갈라지듯 열렸다. 강건한 노파의 얼굴이 드러났다. 셀 수 없는 싸움이 선사한 흰 흉터들이, 얼굴에 깊이 새겨진 수많은 주름을 가로지르고 있었다. 도미티아가 위엄 가득한 목소리로 말했다.

"너희가 요즘 소문이 무성한 그놈들이구나. 반란군의 수괴, 이른바 속국의 '영웅'들. 아래에 소란이 일어났다는 이야기를 들었을 때부터 짐작은 하고 있었다."

"여기는 유일하신 신의 거룩한 집이다. 언제까지나 침략자들의 손에 둘 수는 없어."

"그렇다!"

티샬라도 분위기를 탔는지 말을 보탰지만, 아무래도 플레이어가 익숙하지 않은 건 어쩔 수 없었다. 나는 아까 일도 있고 해서, 티샬라의 안색을 살폈다. 다행히 대사의 시시함에 대한 아쉬움을 잊을 정도로 기분이 고조된 듯했다. 사실 티샬라에게는 이제 말이 필요가 없다. 핏빛으로 빛나는 저 쌍두사의 단창만 두 손에 있으면 된다.

"제국이 왜 여기에 왔다고 생각하나? 너희의 그 원시적인 믿음을 깨부수고 인류의 운명을 인류의 손에 돌리기 위해 온 것이다. 우리가 인류의 미래다. 너희가 쥔 그 힘, 잊혀가는 신과 구닥다리 마법의 힘으로는 와야만 할 그 미래를 막을 수 없어."

도미티아의 곁에 선 세 호위병이 창 자루로 동시에 바닥을 내리치기 시작했다. 쿵, 쿵, 쿵 하는 소리에 맞추어, 제단을 둘러싼 보라색 불빛들이 춤추기 시작했다. 도미티아의 말은 계속되었다.

"거짓된 신에게 1,000년 넘게 바쳐진 기도와 제물의 힘은 다시 인간의 손에 되돌아와야만 해. 내일도 아니고, 모레도 아니고, 바로 오늘 밤에!"

〈연설이 길다!〉

〈말은 그만하고 싸우자!〉

〈이번 이야기의 클라이맥스인데 그 정도는….〉

케냐다가 허공을 껴안듯 두 손을 위로 뻗쳤다. 보랏빛 불빛들이 제단에서 흘러나와 케냐다의 손을 감고 돌았다.

"여기는 자유로운 마력이 느껴져. 너희가 이 신전에서 뽑아다 허공에 풀어놓은 것이지. 정령들이 그것을 먹고 싶어서 모여들고 있구나. 어디, 아가이 평야 제일의 구닥다리 마술사도 그걸 쓸 수 있는지 한번 보자!"

내 손에 쥐어진 성검의 진동이 격해지더니 새하얀 빛이 폭발하듯 터져 나와 우리의 주변을 감쌌다. 신전에 아직 남아 있는 (어쩌면 그 지하 통로에?) 유일하신 신의 뜻이 검과 공명한 것이다.

〈이건 공짜 발현이 좀 붙은 면모예요. '유일하신 신의 뜻'이라고 하지요.〉

마스터가 설명했다. 나는 뭔가 유리한 요소라는 것만 짐작할 수 있었다.

〈어떻게 쓰면 되지요?〉

〈그 성검을 사용하는 일이라면 무엇에든 쓸 수 있습니다.〉

케냐다의 플레이어도 물었다.

〈이 보라색 불빛은요?〉

마스터가 뭔가 또 길게 룰을 설명했다. 전혀 이해가 가지 않아 궁금해하고 있는데, 케냐다가 나를 쳐다보고 말했다.

"이 불빛은 줍는 게 임자야. 마리드, 자네는 도미티아를 몰아붙여서 주문 쓰는 것을 최대한 방해해주게. 에쿤두! 키자니!"

오랜만에 이름으로 불린 사자와 표범 정령이 허공에서 모습을 드러냈다.

도미티아는 지팡이를 두 손으로 앞에 짚고서 주문을 읊기 시작했다. 나는—불경하게도—제단을 뛰어넘어 도미티아에게 닥쳐 들어갔다. 사자와 표범 정령들은 티샬라의 곁에 나란히 서서 제단을 둘러 달려드는 호위병들을 막았다.

성검의 흰빛은 갈수록 강해져, 보라색으로 물들었던 신전 최상층은 곧 하얗게 변해갔다. 신의 힘이 깃든 칼날은 도미티아의 쇠지팡이로도 막아내기 버거울 만큼 강하고 날카로웠다. 티샬라가 내지르는 쌍두사의 단창은 그 두터운 마동갑주가 나뭇잎이라도 되는 양 꿰뚫어갔다. 도미티아가 나의 쉴 새 없는 공격을 받아내는 데 여념이 없는 사이, 제단에 놓인 마동기관이 아무렇게나 뿜어내는 보라색 기운은 사자와 표범 정령에게로, 그리고 케냐다의 두 손으로 몰려갔다. 케냐다는 왼손으로 바람의 정령을, 오른손으로 불의 정령을 지휘하여 거대한 불의 뱀을 만들어냈다.

싸움은 격렬했다. 마동갑병이 휘두르는 마력 서린 미늘창에는 우리의 알량한 갑옷이 통하지 않았다. 티샬라는 그 공격을 단창으로 받아내다가 몸이 날아가 자칫하면 아래로 떨어질 뻔했다. 도미티아는 내게 방해를 받으면서도 지팡이를 휘두르고 주문을 읊어 케냐다의 왼팔과 나의 갈비뼈를 부러뜨렸다. 케냐다가 바람의 정령을 통제하지 못하게 되자 불의 뱀은 온 곳으로 흩어져 사방을 불바다로 만들었다.

끝내, 호위병 셋 중 둘이 쓰러졌다. 몸은 죽었어도 갑옷은 아직도 마동기관의 힘을 받아 꿈틀거리고 있지만, 더 이상 위협은 되지 않았다. 남은 호위병도 부상당한 도미티아의 앞에 간신히 서 있을 뿐이었다. 우리는 지치고 다친 몸으로 자세를 가다듬어 적들을 향해 다가갔다. 아직 버티고 선 호위병의 마동갑주가 윙 하는 소리를 내며 용을 썼다. 그러나 보라색 불꽃이 사방으로 크게 튀더니, 호위병은 줄 끊긴 꼭두각시처럼 움직임을 멈추었다.

나는 칼을 앞으로 뻗어 도미티아를 겨누고 말했다.

"도미티아 사령관. 이제 끝이야. 항복하면 포로로 대우해주겠다."

도미티아가 이를 가는 소리가 여기까지 들릴 지경이었다. 나는 함께 싸워준 두 동료를 뒤돌아보았다. 티샬라는 옆구리에서 흐르는 피를 손으로 막고 있지만 매우 만족스러운 표정을 짓고 있다. 케냐다는 바닥에 주저앉아 부러진 왼팔에 치유의 술법을 걸고 있다. 사자와 표범 정령들이 그 모습을 걱정스럽게 쳐다본다.

〈다른 사람들은 도미티아랑 애기 안 해요?〉

마스터가 묻자 티샬라의 플레이어가 대답했다.

〈여기서는 1번 주인공 자리를 마리드가 차지하는 게 맞죠.〉

의외로 케냐다의 플레이어도 동의했다.

〈마리드가 도미티아를 어떻게든 처분하고, 그리고 정화의 제
사를 올리면 끝이지요? 케냐다는 여기서 하고 싶은 건 대체로 다
한 것 같아요.〉

내 플레이어가 약간 겁먹은 목소리로 말했다.

〈음, 그럼 당분간 저 혼자 진행하는 건가요?〉

티샬라의 플레이어가 격려했다.

〈지금까지 잘하셨는데요, 뭐.〉

마스터가 말했다.

〈생각 좀 하고 싶으시면 조금 쉬었다 하죠.〉

〈네, 큰 전투도 끝났으니.〉

다시 휴식 시간이다. 나는 제단 아래에 반쯤 쓰러지듯 앉았다.
부러진 갈비뼈가 한층 더 아파왔다. 얼굴을 찡그리고 있는데, 옆
에 케냐다가 다가왔다.

"많이 아픈가?"

"네."

케냐다가 왼팔을 휘휘 휘둘렀다.

"나는 치료가 끝났는데, 휴식 시간이라 그쪽은 어떻게 해줄 수가 없네. 미안해."

역시 주저앉은 도미티아가 불평을 했다.

"이 마스터는 대체 플레이어들을 얼마나 봐주는 건지. 이런 조건에서 어떻게 이기란 말이야?"

내가 대답했다.

"미안하지만 이 이야기는 당신들 이기라고 하는 게 아니잖아."

"흥! 언젠가는 이기게 되어 있어. 세상이 그렇게 짜여 있다고. 제국은 세계를 평정할 거야."

케냐다가 웃었다.

"할멈은 일단 살아서 돌아갈 걱정이나 하시게. 지금까지 하던 말로 봐서는 분을 못 이겨서 저 아래로 뛰어내릴 것 같구만."

도미티아는 뭔가 대꾸를 하려다가 말았다.

통증을 참으며 잠시 숨을 돌리고 있는데, 나보다 더 크게 다친 듯한 티샬라가 다가와 옆에 앉았다.

"이걸로 끝이 아닐 것 같지 않아?"

"이제 정화를 하는 것만 남았는데, 설마 아까 그 싸움에 이어서 또 뭐가 일어나려고요? 저기 적의 두목도 쓰러뜨렸는데."

도미티아가 쿡쿡 웃는 소리가 들렸다. 나는 그쪽을 쳐다보고 물었다.

"뭐가 우스워?"

"너희가 모르고 내가 아는 게 있단 말이야."

안 좋은 예감이 들었다. 나는 옆구리의 아픔도 잊고 벌떡 일어났다.

"무슨 소리야. 당장 말 못 해?"

"휴식 시간에 네가 협박을 해도 내가 듣겠냐? 이따가 마스터한테나 물어봐라."

도미티아의 숨죽인 웃음이 광인의 낄낄거림으로 변해갔다. 케냐다가 그 모습을 꺼림칙한 시선으로 쳐다보다가 말했다.

"아무래도 뭔가 더 있어. 빨리 마무리를 짓지 않고 굳이 쉬는 시간을 낸 걸 보면."

티샬라가 자리에서 일어나, 제단 위에 얹힌 납관, 마법사의 미라로 만든 마동기관을 가리켰다.

"이게 아직 해결이 안 되기는 했지."

"…그냥 치워버리면 되는 거 아닌가?"

"그렇게 쉬울 리가."

우리는 추측을 거듭했지만, 그것으로 답이 나오지 않는 것은 잘 알고 있었다. 플레이어들이 다들 자리에 앉고 마스터가 재개 선언을 하면 그때 모든 것이 정해질 것이다.

〈오늘 저녁은 뭐 먹죠?〉

〈전에 봐둔 태국 음식점이 있는데 같이들 가실래요?〉

〈그럴까요?〉

플레이어들이 돌아오기 시작했다. 우리는 다친 몸을 일으켜 아까 있던 자리로 돌아갔다.

마스터의 말이 플레이의 계속을 알렸다.

〈태국 음식 좋죠. 자, 계속할까요?〉

〈어디까지 했죠?〉

〈마리드가 도미티아에게 항복을 권유하고 있었죠.〉

도미티아의 얼굴에, 아까 휴식 시간에 지었던 비뚤어진 웃음이 돌아왔다.

"나는 여기서 졌을지도 모르지. 하지만 제국은 결코 지지 않는다. 너희는 이미 늦었어!"

도미티아가 뒤로 몇 걸음을 걸었다. 나는 놀라서 붙잡으려고 다가갔지만, 육중한 갑옷을 입은 몸은 이미 떨어져가고 있었다. 비명조차 지르지 않고, 어두워서 보이지도 않는 까마득한 바닥을 향해.

케냐다가 속삭였다.

"내 말대로 했네."

그때였다. 마동기관을 휘감은 쇠사슬이 빛나기 시작했다. 쇠사슬에 새겨진 룬 하나하나가 마치 살아 있는 것처럼 움직였다. 생소한 장치가 움직이기 시작하자 나는 어떻게 해야 할지 몰랐다.

"이건 대체 뭐지…?"

티샬라가 말했다.

"정화의 의식, 빨리!"

나는 제단 앞에 한쪽 무릎을 꿇고, 두 손으로 검을 세워 잡았다. 그리고 목청을 높여 기도를 했다.

"하늘과 땅에 둘 없는 분이시여. 당신의 위엄은 하늘을 덮고 당신의 자애는 땅을 적십니다. 당신의 뜻을 받들어 이 더럽혀진 집과 땅을 다시 당신의 손에 돌려드리려 하니 제게 그 끝없는 힘을 빌려주옵소서! 당신의 종, 당신의 성전사가 이렇게 청원하옵니다. 아루샤에 자유를! 아루샤의 신전에 다시 당신을 칭송하는 노래를!"

성검이 다시 빛났다. 눈이 부실 지경이다. 몸 구석구석에 거룩한 뜻이 차온다.

〈기도가 통하는지 판정을 합니다.〉

주사위를 굴리라는 마스터의 요청에 케냐다의 플레이어가 살짝 항의조로 말했다.

〈여기서 기도가 안 통하면 끝이 이상해지지 않을까요? 군이 판정을 하나요?〉

마스터가 웃었다.

〈네. 이 판정 하나에 임무의 성공과 실패가 걸린 건 아니에요. 그런 식으로는 안 하죠, 저도 마스터링이 몇 년인데.〉

주사위를 굴렸다.

〈마이너스 3….〉

마치 들숨처럼 몸에 흘러 들어오던 거룩한 뜻의 흐름이 갑자기 끊겼다. 나는 명치를 세게 얻어맞은 것처럼 숨을 제대로 쉬지 못하고, 무릎을 꿇은 채로 그 자리에 엎어졌다. 있는 힘을 다해 몸을 일으켜 제단을 보았다. 위에 얹힌 마동기관에서 다시 보라색 빛 조각들이 뿜어져 나오기 시작했다.

그때 나는 누가 가르쳐준 것처럼 깨달았다. 제단은 이미 제국의 손에 완전히 오염되었다. 당초에 내가 혼자서 기도를 올린다고 해서 정화할 수 있는 단계가 아니었던 것이다.

그러면 유일하신 신께서 틀린 계시를 주셨단 말인가? 그럴 리가 없다. 나는 곰곰이 생각했고, 내 플레이어는 마스터에게 물었다.

〈아까 그 판정에 임무의 성패가 걸린 게 아니라고 하셨잖아요. 그럼 이제 어떻게 해야 하죠?〉

마스터가 대답했다.

〈성검으로 대제단을 파괴하면 됩니다.〉

〈그건 제가 그냥 자연히 알 수 있는 건가요?〉

〈네. 그리고 여기 모여 있던 힘은 무해하게 흩어져서 자연에 흡수될 거예요. 그 점은 케냐다도 알 수 있습니다.〉

〈그러면 신전은 끝이군요.〉

〈안 부숴도 이미 끝났죠.〉

〈아까 판정에 성공했으면 정화가 되는 거였고요?〉

〈네. 지나간 일이지만요.〉

나는 한숨을 쉬었다. 하지만 아루샤가 1,000년간 쌓아온 신앙의 힘을 제국에게 이용당하는 것보다는 낫다. 어쩌면 신전에 거룩함을 되돌리라는 계시는 바로 이것을 가리키는지도 모른다. 선조의 선조로부터 이곳에 쌓여온 마음은 다시 아루샤의 사람과 대지에게로 돌아가는 것이다. 그것도 일종의 거룩함이 아닐까. 유일하신 신의 깊은 뜻에 나는 다시금 고개를 숙이고, 계시에 감사하는 짧은 기도를 읊으려고 입을 열었다.

그러나 바로 그때, 내 입에서 감사 기도의 첫마디가 새어 나오기 직전에, 내 플레이어가 격앙된 어조로 말했다.

〈제 캐릭터는 그렇게 행동할 것 같지 않아요.〉

〈네?〉

〈제단을 부술 것 같지 않다고요.〉

그게 갑자기 무슨 소리인가 싶어 나는 반사적으로 내 플레이어를 쳐다보려 했지만, 당초에 소리가 어디에서 들려오는지조차 알 수가 없는 마당이다. 케냐다의 플레이어가 요구했다.

〈설명해주세요.〉

〈이번 임무가 중요하다고는 하지만, 여기는 아루샤 유일신의 마지막 신전이잖아요. 이 제단이 파괴되면 다시는 이 나라에 유일하신 신의 뜻이 돌아오지 못할 것 같아요. 적어도 마리드는 성전사로서 분명 그렇게 생각할 거예요.〉

티샬라의 플레이어가 말했다.

〈근데 그러면 이번 임무는 실패예요. 지금 저항군은 우리한테 시간을 벌어주려고 엄청난 열세로 제국군과 싸우고 있잖아요. 우리가 여기서 이걸 제거하지 못하면 분명 돌이키지 못할 타격을 입게 될 텐데.〉

케냐다의 플레이어가 지적했다.

〈그래도 사령관은 제거했으니까. 지금 보면 아까 걔… 도미티아가 이 프로젝트를 지휘하고 있었던 거 맞지요?〉

마스터가 대답했다.

〈네. 그것도 성과라면 성과지요. 시간은 좀 벌 수 있을 거예요.〉

아니, 지금 당장 적의 가장 큰 무기를 무력화할 수 있는데 왜 시간을 버는 데서 만족한다는 말인가? 하지만 내 플레이어는 목소리가 더 고조되었다.

〈1,000년의 마음이 여기 다 모여 있다고 하지 않았어요? 차마

그런 의미 있는 곳을 파괴할 수는 없을 것 같아요.〉

나는 플레이어에게 전해지기를 간곡히 바라며 마음속으로 외쳤다. 아니야, 그렇지 않아. 이 신전이 없을 때도 신앙은 있었어. 그깟 건물 다시 지으면 돼!

마스터가 말했다.

〈그러면 다른 두 분 의견도 같으신가요? 여기를 부수는가 마는가는 마리드한테 맡기고, 임무가 실패해도 괜찮다는 거지요?〉

케냐다의 플레이어가 말했다.

〈아가이 평야에서 비슷한 일이 벌어졌다면 저도 그렇게 했을 것 같네요.〉

그 말을 듣고 케냐다는 고개를 절레절레 저었다. 티샬라도 벌레 씹은 표정이 되어 있었다. 티샬라의 플레이어가 말했다.

〈그래도 그런 결단은 중요한 거니까 그냥 그렇게 한다고 하고 넘어갈 수는 없고, 제대로 플레이를 해야 할 것 같아요.〉

마스터가 말했다.

〈좋습니다. 그럼 곧 그걸로 시작하지요.〉

나는 내키지 않았다. 정말 내키지 않았지만 이렇게 말할 수밖에 없었다.

"마술사님, 티샬라. 제단이 너무 깊이 병들었어요. 정화는 불가능하고, 신전의 힘을 제국이 사용하지 못하게 하려면 이 성검으로 대제단을 파괴하는 수밖에 없습니다."

케냐다가 짐짓 놀란 척을 해 보였다. 나는 케냐다를 향해 미안하다는 고갯짓을 하고 말을 이었다.

"하지만 저는 도저히 그럴 수가 없습니다. 이 신전에는 조상의 조상부터 이어 내려온 마음이 담겨 있어요. 그것을 저 혼자의 생각으로 부술 수는 없어요."

티샬라가 얼굴에서 간신히 짜증을 감추며 말했다.

"무슨 말인지 알겠어. 나라도 그렇게 했을 거야."

하지만 절대 그렇지 않다는 표정이다. 나는 그쪽을 향해서도 내 플레이어 대신 사과의 눈짓을 보냈다.

"하지만 유일하신 신께 맹세코, 이 신전을 정화할 방법을 찾아서 돌아오겠습니다. 언제가 되었건, 꼭…!"

그래도 나는 PC다. 마지막 순간까지 최선을 다해, 플레이어가 준 역할을 완수해야 한다. 비록 그것이 지금까지 내가 보여온 모습, 내가 기억하는 과거, 내가 겪고 느낀 것들과 어긋난다 하더라도. 선택지는 없다.

케냐다가 나의 어깨를 붙잡았다. 그냥 봐서는 격려와 친근함의 표시이지만, 손아귀에 실린 힘이 예사롭지 않았다.

우리는 제단에서 마동기관을 끌어내려, 도미티아가 굴러 떨어진 그 자리에서 밀쳐 떨어뜨렸다. 케냐다는 그 안에 미라가 되어

들어 있는 형제에게 마지막 작별을 고했다. 그리고 모두 지구라트의 계단을 터덜터덜 내려왔다. 왠지 모르지만, 요새에서 빠져나가는 길은 수월할 것이라는 생각이 들었다.

마스터의 목소리가 들렸다.

〈오늘은 여기서 끝입니다! 괜찮은 엔딩인 것 같네요.〉

〈재미있었습니다!〉

〈즐거웠습니다.〉

〈저녁 뭐 먹죠?〉

플레이어들이 부스럭거리며 일어났다.

〈제 충전 케이블 좀….〉

〈이 과자 남은 거 가져가실 분?〉

〈아까 얘기한 대로 태국식?〉

오늘의 플레이는 끝이 났다. 우리의 임무도 끝이 났다. 플레이어들이 짐을 챙기고 자리를 정리하는 사이, 케냐다가 목소리를 높였다.

"이럴 거면 여기 왜 왔단 말이야?"

티샬라가 말했다.

"아루샤 저항군 사람들 얼굴을 어떻게 봐야 할지 모르겠네요."

둘의 시선이 나에게 모였지만, 우리는 모두 이미 알고 있다. 케냐다는 우리 일이 잘 풀릴 때마다 자기 플레이어가 훼방을 놓는 것을 어떻게 할 수 없다. 티샬라는 원하는 대사를 얻을 수 없다. 나 역시 플레이어가 내 생각과 다른 행동을 하는 것을 막을 수 없다.

저 아래 보이지 않는 곳에 떨어진 도미티아는 죽기 직전 우리가 곧 맞이할 처지를 알고서 비웃었을 것이다. 나는 플레이어와 마스터도 사실 우리를 비웃고 있는 것이 아닌지 순간 의심이 들었다.

제단에서 올라오는 흉흉한 보라색 빛 조각들을 바라보며 나는 말했다.

"이 사람들은 우리를 뭐라고 생각하는 걸까요?"

실망의 탄식을 하려 했는데, 내뱉고 보니 울화의 외침이 되었다. 케냐다와 티샬라가 당황해서 나를 쳐다보았다.

"왜 뭐 하나 쉽게 하게 내버려두지 않는 거죠? 안 그래도 힘든 세상인데 왜 일부러 더 어렵게 만들어야 하냐고요. 이래서야 언제 독립을 하고 언제 제국을 몰아내요? 그사이에 국민들은 얼마나 더 고통을 받아야 하고요?"

케냐다가 딱하다는 얼굴로 내 어깨에 손을 올렸다.

"내가 아까 이럴 거면 왜 여기 왔냐고 불평을 했지만, 사실은 자네도 이미 답을 알고 있지 않나?"

티샬라도 말없이 고개를 끄덕이고 있었다. 나도 사실은 알고 있다.

방문을 나서기 직전, 티샬라의 플레이어가 웃으며 말했다.

〈아까 그 판정에 성공했으면 깔끔한 해피 엔딩인 건데.〉

케냐다의 플레이어는 생각이 달랐다.

〈아니, 저는 딱 이 정도가 좋아요. 거기서 판정에 성공했으면 오히려 싱거웠을 것 같아요.〉

내 플레이어도 동의했다.

〈그렇게 갔으면 그 나름대로 좋았을 것 같지만, 저도 이쪽이 더 좋아요.〉

마스터가 말했다.

〈그렇죠. 우리가 임무 성공하려고 플레이를 하나요. 멋진 이야기를 보려고 하는 거지.〉

나는 다시 상기했다. 저 사람들은 우리를 응원하지만, 우리의 모든 것을 보고 즐거워한다. 성공하건, 좌절하건, 울건, 웃건 간에, 우리의 이야기가 계속되기만 하면 플레이어들은 기쁜 것이다. 지금 이 순간, 나는 그것이 그 어느 때보다도 서글펐다.

앱솔루트
퀘스트

김인정

야근 후 귀가해도 새벽 4시까지 게임하고 정시 출근하던 시절을 지나, 미개봉 게임만이 끝없이 쌓여가는 시기를 맞이한 게이머 겸 개발자. 학생 시절 얼렁뚱땅 모 게임의 시나리오 파트에 합류한 후 정신 차려보니 경력 기간만 긴 흔한 개발자가 되어 있었다. 특기는 시키는 일을 마감 시간 안에 끝내기. 『아직은 끝이 아니야』, 『감겨진 눈 아래에』 등의 앤솔러지에 작품을 실었고, 다른 이름으로 여러 권의 전자책을 출판했다. 매년 다이어리 메모 페이지에 버킷리스트를 갱신하는 습관이 있다.

"너는 세상이 다 구질구질하다고 생각하지?"

나비 언니가 말했다. 나는 언니가 입고 있는 형광 연둣빛 스커트와 별 모양 장식과 핑크골드 스팽글이 비늘처럼 붙은 가죽 코르셋을 보고 이것이 꿈이란 걸 알았다. 언니는 내가 대학 시절 교양으로 들었던 프랑스 문학 수업의 조교였다. 그러니까 언니가 저런 게임 같은 옷을 입을 리가 없었다.

아, 게임!

나는 비로소 주위를 둘러보았다. 낯설고도 낯익은 광경이 펼쳐져 있었다. 바람도 없는데 길게 자란 풀잎이 일정한 방향으로 흔들리는, 드넓은 평원이었다. 시야를 적당히 꾸며주는 완만한 언덕 저편으로는 높은 산줄기가 여러 겹 줄지어 서서 멋진 그러데이션을 이루었고 딱 봐도 수상한 위치에 보랏빛 잎사귀가 달린 나무가 빼곡하게 들어섰다. 무엇보다도 이상하다기보다 신비한, 한 번도 본 적 없는, 꽃 비슷하지만 진짜 꽃은 결코 저렇게 생기지 않았을 것 같은 그런 알록달록한 '이펙트 조각'들이 빛을 반사하며 펄펄 날리는 중이었다.

꿈이었다.

그것도 내가 속한 팀에서 만드는, 우리 게임 꿈. 언니와 나는 게임에 접속한 초보자가 튜토리얼을 마치면 바로 입장할 수 있는 저레벨 필드, '플로리스 평원'에 서 있는 것이다. 나는 순식간에 마음이 푹 놓였다. 게임에서는 죽지 않고 꿈에서도 죽지 않는다. 어쨌거나 이 모든 것이 전원을 끄는 순간 아무렇지도 않은 일이 되리란 걸 나는 알았다. 그때 나비 언니가 다시 말했다. 목소리 없이, 그러나 언니도 나도 '말하는 걸로 합의하여 이해한' 말을.

"김고래. 너는 현실에 발을 딱 붙이고 사는 일이 구질구질해서 못 견디겠지?"

나는 나비 언니를 빤히 쳐다보았다. 꿈이란 걸 알아서 그런지 그 이목구비가 유화 물감으로 쓱 문질러놓은 초상화를 너무 가까이에서 본 것처럼 어색했다. 가슴 어름에 정나비라고 언니 이름이 고풍스러운 프레임을 두르고 적혀 있었다. 언니는 말을 하지 않고 손짓을 했다. 벙긋거리는 입안은 매끈했고 혀는 그려져 있지 않았다. 대사는 이름이 적힌 프레임 아래에 떴다. 불투명도를 적당히 올린 검은 바탕에 흰색 고딕체 계열 폰트.

그런 이야기를 들은 적이 있다. 게임을 실컷 하다 잠들었더니 그 이야기를 이어서 꾸는데, 게임처럼 조이스틱이 떠서 상하좌우로만 움직이더라는 이야기. 좋아하는 캐릭터가 딱 그 성우 목소리로 떠들어서 실감 나더라는 이야기. 혹은 그런 말도 들었다. 야, 꿈에서도 목소리가 없더라니까? 게다가 대사는 영어인 거야. 나참. 이왕 꿈속인데 거기서라도 번역되어서 뜨면 좀 좋아? 남들이 뭘 하는지도 모르고 뭐라는지도 못 알아듣는 채로 땀범벅으로 뛰어다니다가 깨어났잖아.

"김고래."

대답 선택지가 떠주면 좋을 텐데 애석하게도 우리 게임은 PC의 대사가 없다. 그래서 선택지도 없다. 나는 웅얼웅얼 대답했다.

"먹고사는 일이 다 그렇죠. 책장을 덮고 일어났을 때 들이닥치는 일은 전부 다 구질구질하게 마련이에요."

내가 그렇게 대답하자 언니는 애석하다는 듯 웃으며 내 원고를 돌려주었다. 그건 당연히 '아이템'이어서, 대사 창과 비슷한 테두리를 감은 팝업 창으로 떴다. 내용물이 보이지 않는 종이 뭉치 아이콘과 함께.

"골드 드래곤의 모래 요새."

내가 그런 제목의 글을 쓴 적이 있었던가? 생각하는 사이 언니가 말했다. 아니, 대사가 호출되었다.

"그러니까 너는 좋은 글을 못 쓰는 거야. 현실을 보고 그 시련과 극복. 화해와 치유를 써야지."

시련과 극복. 화해와 치유.

그거야말로 현실에 발붙이지 않은 곳에서만 상상할 수 있는 게 아니냐고, 묻고 싶었다. 원고지에 적힌 글들은 무엇 하나 읽히지 않았다. 그야 읽을 수 있을 리가. 그건 그저 아이템이라 팝업창에 노출된 후엔 바로 내 인벤토리 창으로 들어갔으니까.

"너는 절대로 좋은 글을 못 써. 현실 이야기를 써야지."

거기까지 듣고 눈이 딱 뜨였다. 나는 잠이 덕지덕지 붙어 지독하게 나쁜 기분으로 중얼거렸다. "낯선 천장이다." 물론, 낯설지 않았다. 꿈을 꾸다가 눈을 떠보니 그게 꿈이 아니라 내가 정말 게임 같은 세계에 떨어졌더라는 무시무시한 일은 다행히도, 아니 당연히도 일어날 리 없었다. 내가 이불에 둘둘 말려 누워 있는 곳은 작년에 2년 계약을 하고 들어온 내 원룸 전셋방이었고, 휴대폰 알람이 7시 반을 알리며 방탄소년단의 〈불타오르네〉가 흘러나왔다. 7시부터 10분 단위로 울리는 소리를 최소 두 번 놓친 셈이다. 8시에는 나가야 판교로 10시까지 출근을 할 수 있었으므로 나는 얼른 몸을 일으켰다.

나비 언니. 하필이면 게임 캐릭터로 나와서 무슨 현실 타령이에요. 그것도 현금으로 의상 패키지를 수십만 원은 구입한 유저의 캐릭터처럼 차려입고 나왔으면서.

대학 시절, 정말로 나비 언니는 그 비슷한 소리를 하긴 했다. 언니는 내가 절대 글밥을 못 먹을 거라며 다른 '건실한' 진로를 알아보라고 권했다. 아마 실제로는 꿈속 같은 그런 연극적인 어조가 아니었을 것이다. 고래야. 그렇게 다정하게 부르고 과제로 제출한 자서전풍 에세이를 돌려주며 덕담과 함께 조언을 덧붙였겠지. 고래야, 넌 현실 이야기를 쓸 때면 왜 그렇게 몸을 사리니. 뭐가 그렇게 고래를 얽어매고 있을까? 그러나 나는 언니가 누누이 지적했던 문어체 쓰는 습관과 그 현실 도피적인 문장을 그림자처럼 질질 끌면서도 아직 글밥을 먹고 있다.

씨발. 대신에 "오, 지독한 운명"이라고 쓸 수 있는 일.

개 같다고 중얼거리는 대신에 "젠장" 하고 내뱉는 사람들이 등장하는 일.

나는 강남에서 신분당선으로 갈아타는 통로를 따라 무수한 인파와 함께 휩쓸리듯 걸으며 한 손으로 휴대폰 메모장을 켰다. 그러나 한 글자도 쓰지 못하고, 유튜브 구독 창으로 들어갔다.

Scene No. chap05-017

배경: 사그라말 모래 요새

내용 요약: 골드 드래곤의 전언이 계곡을 울렸다.

캐릭터:

골드 드래곤(레이드 보스 던전 2단계 버전. 마감일까지 완성 안 되면 안개 깔고 대사로 연출 때웁니다. 참고 바람.)

기사 유그리트

마법사 마가렛

소환사 테레온

치유사 프란시엘

도적 레드빈

대본:

골드 드래곤: 그러하니 인간들의 공주여. 그대는 무엇을 위해 검을 들었는가? 은의를 말하며 나눈 금잔이 빛바래기도 전에 이 몸의 죽음을 통해 그대가 얻고자 하는 것이 대관절 무엇이란 말인가.

"…아. 또 대사 겁나 길게 썼네, 이 사람."

어깨 너머에서 목소리가 불쑥 튀어나왔다. 나와 마찬가지로 콘텐츠 파트 소속인 기획자 한낙엽이 내 뒤에 바싹 붙어 서 있었다. 그는 내가 놀라서 찡그리자 뭘 그렇게 소스라치느냐고 농을 치더니 손가락으로 회의실 방향을 가리켰다.

"고래 씨, 회의합시다."

무슨 회의인지 언제부터 언제까지인지도 고지하지 않은 채 불쑥 그러는 건 한낙엽의 버릇 같은 거라서, 나는 항의도 포기한 지 오래였다. 회사의 첫 번째 게임의 주인공 이름을 따서 붙인 회의실 안으로 들어서자 콘텐츠 파트장인 윤잉어가 우리 파트의 신입인 박개굴과 마주 보고 앉아 있었다.

"낙엽아. 그거 네가 얘기할래? 내가 남아서 해?"

윤잉어는 한낙엽과 예전에 같은 게임 개발팀에서 일했고 그때부터 형 동생 하는 사이였다. 한낙엽이 너덜너덜한 노트와 아이폰을 테이블 위에 툭 던지면서 답했다.

"내가 할게, 형. 바쁘면 일 봐."

"오케이. 그럼 아까 담배터에서 얘기한 대로 알고 있다? 개굴 씨, 회의 잘 해요. 나중에 우리 밥 한번 먹고."

박개굴이 밝은 목소리로, "네에 파트장님, 그래엽!" 하고 답했다. 나는 윤잉어와 고개를 까닥 숙여 서로 인사를 하고 문을 닫았다. 보아하니 윤잉어와 한낙엽은 식사 후 담배를 피우면서 서로 뭘 정한 모양이었다. 내가 앉기도 전에 한낙엽이 말했다.

"고래 씨. 지금 새 마을요, 그거 입장 퀘스트 깨야 마을 들어갈 수 있다면서요?"

마을이라기보다는 몇 개월에 걸쳐 작업 중인 '사막 배경의 고대 왕국' 콘셉트의 커다란 도시였지만 다들 자기 입에 익은 대로 말하곤 했다. 마을, 동네, 거점, 도시, 본진…. 간헐적으로 불어오는 모래바람으로 뒤덮인 도시의 이름은 콘텐츠 파트의 스토리 작업자들이 후보를 정해 올려, 대표가 골랐다. 바즈하란.

"네. 바즈하란 지역 입장 퀘스트요. 직업별로 퀘스트 따로 빼달라구 하셔서 3종 완전히 다르게 하고 배리 쳐서 대사 좀 다른 거 2종 추가해뒀어요. 이슈 완료 처리하고 닫았는데 번호 알려드려요?"

"아니, 근데 아까 형이 그러는데 스토리 깨야 마을 뚫리는 거 이상하잖아요. 스토리하고 무슨 상관이야. 안 그래요? 그냥 마을은 가면 가는 거지."

"처음에 도시 기획 회의할 때 팀장님이랑 다 그렇게 요청 주셔서 작업한 건데요. 거기 맞춰서 스토리 작업도 했잖아요. 유저가 소울 드래곤의 검을 받아서 평화의 여신이…."

"아니 근데."

들은 척도 안 하며 한낙엽이 고개를 저었다. "퀘스트 깨야 입장할 수 있다면서요?" 하고 남의 일처럼 물을 때부터 불길하더라니.

나는 심호흡을 했다. 일종의 마음의 준비였다. 한낙엽이 화이트보드 마커를 들고 책상 위를 의미 없이 딱딱 치면서 말을 이었다.

"근데, 고래 씨. 봐봐, 유저 허들이 너무 높아지는 거 아니냐 이거죠. 유저 리텐션 생각 안 해요? 업데이트되면 빨리 새 마을 가서 빨리 만렙 찍고 레이드 돌아야 하는데 어느 세월에 퀘스트를 깨고 있어요."

리텐션. 잔존율. 그걸 여기에서 쓰는 게 적확한 표현인가 하는 건 차치하자. 우리가 그거 만드는 사람들인데요, 그렇게 호소하는 것도 소용없을 것이다. 나는 무력한 저항을 해보았다.

"이별명 팀장님하고 잉어 파트장님, 낙엽 씨, PM님 다 계실 때 회의에서 정한 건데요. 레벨 기획자들하고도 그때 공유 다 했어요. 그거 회의록 찾아서 보여드려요?"

"아니, 아니. 봐요, 고래 씨."

뭘 자꾸 보라는 건지.

"고래 씨, 생각을 좀 하라니까요? 유저들이 들어와가지고 바로 새 필드 가서 전투해야지 누가 이거 퀘스트를 깨고 있어요? 퀘스트 안 하면 칼질도 못 하나? 왜 안 돼요? 퀘스트는 그냥 하고 싶은 사람만 하면 되잖아요. 아, 잉어 형하고 다 얘기해났는데 그냥 퀘스트 조건만 풀어놔봐요."

"아니요. 낙엽 씨, 이렇게 갑자기 바꾸는 거 저는 아닌 거 같아요. 그때도 조건 없이 하자는 의견 나왔는데 왜 이렇게 하기로 했냐면요….”

“회의 때가 아니고. 고래 씨, 당장 다음 달 업데이트 이야기잖아요. 처음 기획 그대로 가는 게 뭐가 있다고 그래요. 애초에 엘사 여왕 얼음성 같은 거 하자 그러더니 갑자기 사막 된 판에. 나랑 잉어 형 생각은 그거지… 일단 우리는 유저 이탈을 막자는 거지. 이거 이렇게 들어가서 유저 쫙 빠지면 고래 씨가 책임질 수 있어요? 유저가 다 스토리 관심 있는 사람만 들어오는 거 아니잖아요.”

“그럼 유저 이탈이 어느 시점에서 이루어지는지 그게 스토리 입장이랑 레벨 조건 때문인지 자료가 있나요? 아님 뭐 제가 책임지기로 하면 그냥 이대로 가도 돼요?”

앗, 흥분해서 너무 세게 질렀다. 후회하기 전에 옆에서 조용히 휴대폰을 만지작거리던 박개굴이 툭 말을 보탰다.

“으으응, 몰랐는데 고래 씨 야망 있으시네. 그죠?”

일을 나눠 했으니 수습도 같이 할 사람이 저렇게 나오는데 왜 나만 열을 내고 있는가. 이게 다 무슨 소용인가. 이미 후회하고 있으면서도 내 주둥이가 이번엔 박개굴을 향해 열렸다.

“개굴 씨, 내가 야망 있는 게 아니고요. 우리 이거 입장 퀘스트 조건 바꾸려면 이번 업데이트 분량 퀘스트 싹 다 수정 봐야 할 수도 있어요. 설정 바뀌는 거 체크해서 선행 퀘스트 다시 잡아줘야 되고. 테스트도 다시 다 하고 QA팀에 리스트 다시 줘야 하고. 개굴 씨도 할 일 많은데 괜찮겠어요?"

"에이, 고래 씨도 참. 제가 방송 쪽에 있어봐서 괜찮아요. 이 정 돈 껌이죠."

씩씩하게 말하는 박개굴이지만 사실 제작팀 어시인지 인턴인 지로 들어가 드라마 작가 보조 직함만 달고 딱 반년 버티다 나왔 다는 것이 공공연한 소문이었다. 박개굴이 대표와 함께하는 회식 자리에서 예의 그 '제가 방송할 때' 썰을 열심히 푸는 사이 그녀 의 면접관이었던 기획팀장 이별명이 뒷말을 했다. "개굴 씨 저거 또 저런다. 무슨 아이돌 나온 드라마를 자기가 했다 그러잖아. 다 허세라니까?" 이별명은 그 테이블에 앉았던 팀원들에게 "몇 달 밥이나 하고 자료나 찾다가 나왔으면서 뭘 안다고. 안 그래요?" 하고 동의를 구했지만, 그런 화제에 잘못 끼어들었다가 옴팡 뒤 집어쓴 경험이 있는 팀원들 모두가 부산스럽게 맥주를 따르는 바 람에 판이 흐지부지됐다. 이별명은 뭐라고 투덜거리는 것 같더 니, 대표가 AD와 잔을 부딪치자 부리나케 자기 잔을 들고 그 자 리로 달려갔다. 어휴, 진짜 애쓴다. 이별명이 자리를 비우기가 무 섭게 누군가가 그렇게 중얼거렸다. "그러는 이별명 씨야말로 뭐 엔씨에서 대학생 인턴인가 한 걸 아직도 우려먹고 살면서 말이에 요." 또 누가 그렇게도 말했다. 숨죽인 웃음소리가 아주 잠깐 터져 나왔다. 나는 맥주가 미적지근해져가는 동안 팀원들의 온갖 경력에 대한 넘치는 정보에 둘러싸였다. 어디서 내 정보도 이러 쿵저러쿵 떠돌고 다니겠지. 만약에 이게 게임 내 퀘스트라면, 이 모든 정보들이 하나의 길을 가리키고 있었을 것이다. 한때 드라 마팀에 있었던 NPC 박개굴을 찾아가면 심해에 파묻힌 방송 자료 같은 걸 넘겨줄 것이며, 이름도 처음 듣는 무슨 대단한 방송계 원로의 현재 위치를 '소문인데' 하면서 알려주겠지. 이별명 NPC 는 엔씨소프트의 숨겨진 문을 열어줄 것이다. 그 아래에는 황금 의 던전이….

"그럼 개굴 씨, 제가 이슈 다시 가져와서 확인 한번 하고 수정 리스트 넘겨드릴게요."

뭘 어떻게 고민해봐도 우리들의 머리 위에 퀘스트 진행 아이 콘, 그러니까 흔히 말하는 '느낌표'가 떠오르는 일은 없었다. 한 낙엽이 냉큼 회의 주제를 바꿨다.

"꼭 개굴 씨가 도와줘야 일이 진행이 되냐고. 그래서 우리 스 토리 회의 좀 합시다."

사실 스토리 작업자들이 봉착한 문제는 새 도시 입장 퀘스트 어쩌고가 아니었다.

우리 게임 〈아크블레이드 소울 오브 루트〉 통칭 〈AbSoL〉 또 는 〈앱솔루트〉의 스토리는 일단 이렇다.

태초의 여신 '루트'가 세계를 창조했다. (왜 꼭 여신이냐고 모두가 한 번씩 생각했던 모양이지만 대표의 취향이 은발에 하늘거리는 의상을 걸친 여성 캐릭터라서, 초기 멤버인 AD가 일단 그런 여성을 그렸고 그게 암묵적으로 여신이 되었다. 창조 신화란 게 다 그런 법이다. 대표님 아멘.)

그러나 원래 신화가 다 그렇고 게임 신화는 특히 더 그렇듯이, 인간들은 저희들끼리 치고 박고 싸우면서 루트의 세계를 망쳐나갔다. 루트가 꿈꾸던 아름다운 세계란 그런 싸움판이 아니었기 때문에, 여신은 슬슬 판을 엎어버리기로 결심했다. 다 싸우면서 크는 건데 참 야박하기도 하지. 하여튼 나는 세계가 그저 꽃밭이어도 플레이어들이 들어가 싸울 몬스터만 대충 깔아놓으면 만사 오케이인 것도 같은데, 우리의 대표님은 그렇지 않으셨으므로. 즉, 반드시 세계는 위기에 빠져야 했으므로, 거두절미하고 세계는 루트가 일으킨 '심판의 날'을 맞이했다.

그러나 태초의 여신이 세계를 손쉽게 멸망시키면 게임이 시작되지 않는 법. 이쯤에서 인간 편에 서서 루트에게 반기를 든 '소울 드래곤'이 등장한다. 여신님인 루트와 소울 드래곤의 싸움은 '용신 전쟁'이 되고, 소울 드래곤은 끝내 패배하여 소금산 아래에 봉인당하고 말았다. (죽어도 괜찮지만 게임을 만들다 보면 꺼낼 일이 있을지도 모르므로 '봉인'으로 처리함이 바람직하다. 사실

죽어도 살리면 된다. 게임에서는 레벨업보다도 쉬운 것이 스토리상의 부활이다. 방금 이벤트 신에서 사망한 인물도 설정상 1,000년 전에 사망한 인물도 공평하게 부활한다. 하지만 한낙엽이 "아, 게임 원 데이 투 데이 만드나? 이걸 '봉인'으로 처리하면 나중에 쓸 수 있잖아요" 하고 굉장한 노하우처럼 역설하는 바람에 부득불 '봉인'을 강조하는 수밖에 없었다. 너도 아는 건 나도 안다고 말하고 싶었는데…) 그러면서 소울 드래곤은 자신의 혼과 공명하는 '아크 블레이드'를 만들어서 바위에 꽂아놓았다. (주인공이 뽑을 칼이 등장하십니다. 모두 아무 키나 눌러서 경의를 표해주세요.)

창조물 주제에 반항하던 소울 드래곤이 퇴장했으니 태초의 여신 루트 님은 승리자의 영광을 누리면서 세계 멸망에 성공했는가? 물론 아니다. 자기가 만든 판을 자기가 엎을 수 없게 되는 건 불의의 인기를 얻은 웹소설 연재 작가만이 아닌 법. 여신도 그랬다. 루트는 대홍수를 일으켰으나 싸우다가 지쳐 있었던 탓인지 별의 일부만 부수었을 뿐, 오히려 자기 자신이 두 조각으로 나뉘고 말았다.

그리하여 루트의 두 조각, 이를테면 두 자녀와도 같은 새 여신 님들이 등장한다.

평화와 파괴.

(평화의 여신은 태초의 여신 루트를 더 어리고 깜찍하게 어레인지한 모습인데, 독특하게도 풍성한 파란 머리카락 부분에 뭉게구름 패턴이 들어가서 푸른 하늘처럼 보인다. 반면 파괴의 여신은 같은 모델링이지만 눈이 붉은색에 머리는 행성 패턴이 박힌 밤하늘 같은 모습이다. 원래 대표님 취향에 맞춰 두 꼬마 여신은 색깔만 바꾼 루트가 될 뻔했으나 AD가 어느 밤, 자기 트위터에서 '좋은 캐릭터 디자인이란 무엇인가'에 대한 썰을 열심히 풀다가 예술적 감성이 충만해지는 바람에 디자인이 바뀌었다.)

어쨌거나 두 여신은 평화와 파괴를 놓고 치열하게 싸우기 시작했다. 인간을 대리인으로 삼은 평화의 여신과, 소울 드래곤을 흉내 낸 일곱 드래곤을 대리인으로 삼은 파괴의 여신. 그리하여 끝없는 전쟁은 계속되는데…라는 이야기다.

일곱 드래곤 가운데 몇 녀석은 호기롭게 인간들을 덮쳐서 초반 스토리의 레이드 보스로 그 임무를 다하셨다. 남은 녀석들 중에 중요한 인물, 아니 캐릭터로 등장하는 것이 골드 드래곤인데 이 용은 인간으로 변한 후 잠입하여 내부 분열을 일으키기로 결심했다.

PC, 즉 플레이어 캐릭터는 초반부에 예언을 통해 골드 드래곤이 누군가로 변신했다는 것을 알게 되고, 그 예언을 전달하기 위해 왕국의 수도로 향하는 여정에서 '아크 블레이드'를 우연히 손에 넣어 전설의 영웅으로 거듭난다. 그리고 게임을 진행하면서 만난 동료들과 여러 NPC 가운데 누가 골드 드래곤일지 경계해야 했다. 골드 드래곤이 노리는 것은 평화의 여신이 인간 영웅에게 맡겨 왕국의 보물이 된 '피스 아티팩트'로, 이것을 파괴의 여신의 문장으로 물들이면 세계의 평화가 깨어지고 다시 대홍수가 일어나 남은 대륙들도 멸망할 거라는 설정이었다.

PC, 우리들의 주인공. 영웅의 동료는 여럿 등장하는데 기사도 있고 마법사도 있고 소환사도 있고 뭐 그렇다. 그중 기사 유그리트. 유그리트는 황금 갑옷에 황금 방패를 든 기사다. 그는 금발에 푸른 눈동자를 가진 전형적인 코카서스 인종 미남 스타일인데, 기본적으로 그런 스타일이 겹칠 가능성이 높은 유저 캐릭터를 배려해서 이 인물은 과장된 형태의 근육질로 설정됐다. 자연스럽게 별명은 철벽. 매우 신앙심이 깊고 정의감이 투철한 타입. 블레이드 왕국의 최연소 성기사단장인데, 소년 시절 소꿉친구인 왕자님이 갑자기 실종되자 그를 찾기 위해 성기사단에 투신했다가 이렇게 된 것이다.

다음으로는 이 게임의 히로인이나 얼굴 마담으로 자주 등장하는 캐릭터인 마법사 마가렛. 핑크색 포니테일에 커다란 리본이 특징적인 캐릭터다. 주로 머리에 비스듬하게 화려한 티아라나 왕관을 쓴 모습으로 등장한다. 이 마가렛은 사실 '엑사일럼' 왕국의 공주님이었는데 왕자로 가장해서 자라다가 부왕이 광기에 휩싸여 자신을 추방하자 시녀와 함께 탈출했다. 공주님인 것부터 일단 히로인답다. 물론 기사 유그리트의 소꿉친구이자 잃어버린 왕자님이 바로 이 마가렛인 건 유그리트 빼고 누구나 다 아는 사실이다. 마가렛은 무협의 기연 비슷한 상황에 내몰렸다가 은둔한 대마법사 자크투(개발팀 내에서 공공연히 요다짭이라고 부르는, 어딜 봐도 레퍼런스가 요다인 수인이다)의 제자가 되어 혹독한 수행 끝에 마법사가 되었다.

　그 외에는 뭐, 소환사 테레온. 엘프다. 아, 너무 짧은가? 미녀 엘프다. 홍시처럼 빨간 머리인데 기사를 금발로 설정하였기에 이쪽은 다른 색으로 정했을 것이다. 아마도. 판타지 게임엔 엘프가 꼭 나와야 한다고 우기는 김물풀이 초기 개발팀장일 때 지나가던 대표가 "그럼! 역시 판타지에는 엘프가 나와야지!" 해서 등장한 캐릭터다. 종족명을 엘프 말고 다른 걸로 하자든가, 꼭 『로도스도전기』 시리즈에서 유래한 예의 그 귀 뾰족하고 청순한 스타일일 필요는 없지 않냐든가, 그런 이야기를 나나 박개굴이나 원화팀 누군가가 했던 듯도 싶지만… 김물풀이 이렇게 답했다. "그렇게 안 생기면 엘프인 줄 아무도 모르잖아요. 엘프는 꼭 귀가 뾰족하고 길고 예뻐야죠. 그게 국민 룰이지." 모르는 사이에 국민의 뜻이 그렇게 정해져 있으시다면야. 그리고 김물풀 개발팀장은 이 게임에 영원히 남을 엘프 종족을 선사하고는 대표와의 마찰로 게임 론칭 전에 퇴사해서 새 회사를 차렸다.

치유사 프란시엘. 토끼 귀나 생쥐 귀를 달고 나타나는 무슨 무슨 정령족의 일원이다. 10세 미만의 아이들 비슷한 체형에 자기 몸만 한 스태프를 짚고 거기 주렁주렁 매달려 쉬는 것이 특징이다. 그리고 또 누가 있더라… 아, 도적 레드빈.

도적 레드빈은 약삭빠른 인상의 청년으로, 처음에는 좌충우돌 사고를 치는 적으로 등장했다. 훼방만 실컷 놓고 뭐 좀 찾았다 싶으면 들고 튀고 그런 역할을 하는 인물 말이다. 그러다가 슬슬 플레이어들이 초보 티를 벗을 즈음 적당히 한 번 져준 다음 슬슬 사연팔이를 시작했다. 알고 보니 출신 성분으로 인해 핍박을 받고 자라나, 동생이 조직의 볼모로 잡혀 죄를 짓고 있었더라는 그런 유의 이야기. 이를테면 사고뭉치에서 우스꽝스러운 감초로, 그리고 다시 영웅들에게 감화되어서 동료로 성장하는 캐릭터다.

"사그라말 요새까지 딱 온 다음에, 알고 보니까 요다짭…."

한낙엽이 입을 딱 다물었다. 다들 흔히 요다짭이라고 부른 데다 게임에 오랫동안 등장이 없었기 때문에 이름을 까먹은 것이다.

"자크투. 자크투가 정체를 감춘 골드 드래곤이었다는 것이 밝혀지기로 했잖아요."

"에이 씨. 그러길래 그냥 유다라고 짓자니까. 요다, 유다. 비슷하고 안 헷갈리고 좀 좋아요?"

"아니, 그때 투자자 누가 왔다가 교회 다니는데 유다라는 이름 좀 걸린다 그러셔가지고 고친 건데엽."

원래 우리는 요다짭, 아니 마가렛의 스승인 은둔 대마법사 자크투가 정체를 감춘 골드 드래곤이었다는 설정을 했다. 왕가에 깊이 잠입하기 위해 공주를 구해주고 그녀를 통해 피스 아티팩트를 손에 넣으려 했다는 식으로. 이건 프로젝트 초기부터 잡혀 있던 설정이었다. 자연스럽게 마가렛에게 정이 들고 플레이어 용사의 모습에 감명을 받아 자신의 목적을 포기하고 오히려 왕가 내부의 반란과 광기에 사로잡힌 왕(대체로 이런 왕들은 왕비를 살리겠다든가 강대한 힘을 손에 넣겠다든가 하는 계획을 세웠다가 미치거나 타락한다)이 크툴루… 아니, 파괴의 여신을 소환하려는 것을 저지하기에 이른다는 그런 이야기였다.

고대 도시 바즈하란과 거기 딸린 모래 요새 사그라말이 업데이트되는 이번 시즌 전까지, 스토리는 부침을 겪고 많은 분량이 삭제되긴 했지만 그래도 큰 예정에서 벗어나지 않았다. 문제는 이번 시즌이었다.

"엑사일럼의 왕이 광대로 변장한 파괴교를 이용해서 소환진을 만드는 중이잖아요. 소환진은 왕성의 지하 신전에 있고 그게 완성되면 파괴의 여신이 딱 사그라말 요새에서 깨어날 거라는 설정이고요. 그래서 바즈하란 입장 퀘스트를 통해 여기 얽힌 썰을 풀… 아차."

입장 퀘스트 안 해도 되는 걸로 고치기로 했지. 참.

"그건 대충 어떻게 설명하고 넘어간다고 치고… 아무튼 자크투가 소환진이 발동하는 걸 막기 위해서, 유그리트와 플레이어에게 접근했죠. 그리고 자기가 실은 골드 드래곤이라는 비밀을 말해주면서 사그라말에서 자기는 본체로 돌아가 일단 요새를 부술 것이니까, 플레이어 일행에게는 엑사일럼의 지하 신전으로 가서 왕을 막으라고 했죠."

"그런데 기사 유그리트는 마법사 마가렛에게 자크투의 정체를 폭로하고, 그가 사악한 드래곤이라고 주장하면서 오히려 사그라말 요새로 향하게 만들었죠."

한낙엽은 스토리 작업 외에 퀘스트 시스템이나 다른 콘텐츠 제작을 주로 하는 기획자였으므로 게임의 초반부를 제외하고는 어떻게 진행이 되었는지 잘 이해가 안 되는 모양이었다. 그는 중간중간 일이 어떻게 된 건지 질문하고 나서 다시 예의 그 보드마커 뚜껑을 뽑았다. 화이트보드로 다가간 그가 삐익삐익 소리를 내가면서 마커로 빨간색 동그라미를 하나 그리더니 그 옆에 '사그라말'이라고 적었다.

"그렇지, 그래서 우리가 다 사그라말 요새로 가고 있다 이거죠. 마가렛은 이제 '세상에 이런 일이! 스승님이 나를 배신했다! 나쁜 용이었다!' 이런 거고."

"네. 마가렛은 자크투가 용으로 돌아가서 파괴의 여신을 소환하려는 줄 알고요."

"그럼 이제 골드 드래곤이랑 싸워야겠네?"

"싸우긴 싸울 건데요. 그게."

"주인공은? 유저는 뭐야? 유저랑 엘프랑 얘들은 왜 다 요새로 따라왔어요, 그럼?"

박개굴이 놀라운 인내심을 발휘하며 다시 한번 설명했다.

"그게요오, 낙엽 씨. 플레이어는 유그리트가 배신 때릴 줄 몰랐던 거! 그래서 다른 동료들 데리고 왕성으로 가려고 했는데, 유그리트가 마가렛에게 사기 쳐서 요새로 가고 있었잖아요오. 그게 요거 바로 직전 챕터였어요. '기사 유그리트의 호소' 신요. 이벤트 신에서 유그리트 표정 때문에 별명 '헐토르' 된 거 기억 안 나세요? 헐크같이 생긴 토르라고."

"아, 그게 그건가요? 맞다. '헐토르'가 마가렛 데려가서 유저하고 떨거지들이 쫓아온 거죠? 이제 알겠네. 처음부터 그렇게 요약해서 알려주는 게 좋겠네요. 고래 씨, 개굴 씨. 아셨죠?"

"입장 퀘스트에 안 그래도 그걸… 아."

박개굴의 얼굴도 어두워지기 시작했다. 설정에 맞춰 어떻게든 입장 퀘스트 없이도 내용 전달이 되게 고치는 것도, 구색으로 남은 입장 퀘스트에 다른 보상을 부여하는 것도, 동선을 맞추는 것도 전부 나와 박개굴이 해야 할 일이니까. 이 회의가 끝난 후부터 말이지.

마법사이자 엑사일럼의 공주인 마가렛은, 골드 드래곤이 파괴의 여신을 소환하려는 원흉이라고 여겼다. 유그리트는 진실이 아닌 사실을 일부만 전달했으며 그녀의 믿음은 근거를 얻었다. 스승으로서 의지했던 자크투가 자신을 오래전부터 속여왔다는 사실에 무엇보다도 분노하여, 그녀는 냉정을 잃었다. 플레이어는 유그리트의 갑작스러운 변심에 놀라 허둥지둥 다른 동료들과 함께 그 뒤를 쫓았다. 대개 게임이 다 그렇듯, 서두르든 말든 늦을 일은 늦고 일어날 일은 일어나게 돼 있다. 게임을 플레이하다 보면 꼭 동방박사를 인도하는 별처럼 퀘스트 안내 인터페이스를 따라 착실하게 움직이기 위해 그 밖의 모든 '자유롭게 보이는' 세계가 존재하는 것만 같다. 구세주의 탄생도 그에 따를 고통과 시련도 예비되어 있었듯이 퀘스트도 끝나지 않는다. 슬퍼하기 위해 슬퍼하고 분노하기 위해 분노하는 이야기.

아니지, 그런 이야기가 되면 안 되지. 당장은 한낙엽부터 이해하게 해줘야 한다.

"고래 씨. 원래는 골드 드래곤이 모습을 드러낸 상태에서 마가렛이 먼저 공격을 퍼부었고, 그다음에 플레이어가 도착하는 설정이었죠?"

"네. 그래서 바로 이벤트 신 나오고 대사 쫙 친 다음에 전투 한번 하고요."

"괜찮은데. 요새 무너뜨리고 드래곤이 뒤로 가면서 여기 레이드 던전으로 이어주고."

한낙엽이 화이트보드에 그린 동그라미를 향해 힘차게 화살표를 그렸다. 공주라고 쓰고, 또 별 의미도 없이 별표를 쳤다. 동그라미와 화살표와 별표. 그는 아주 심도 깊은 고민에 잠긴 양 별표 주위에 연신 화살표를 추가해 그리면서 말했다.

"중국에서 새 업데이트 광고하는 거 때문에 스토리 고치기로 한 거죠?"

"맞아요."

"거, 요즘 잘나가는 배우? 가수? 누구 쓴댔지?"

"저도 잘 모르는데 아무튼 인기 있대요."

박개굴이 얼른 손을 들었다.

"저요! 제가 알아욥! 드라마에 나왔거든욥."

"유그리트 복장 입고 광고한다며? 개굴 씨가 보니까 어때요?

유그리트하고 어울려요?"

"그렇게 근육질 스타일은 아니던데… 아, 키는 큰 거 같아욥."

"하긴 유그리트같이 그런 덩치가 실제로 있나, 뭐. 그… 헐크처럼 CG 입히려나?"

"모르죠오…."

"하, 골치 아프네. 진작 좀 얘기해주든가. 이제 와서. 미치겠네."

"맞아요. 근데요, 영상팀에서 이벤트 신 들어가기 전에 콘티 고쳐야 한다구 빨리 이야기해달랬어요. 이번 주까지?"

"이번 주래봤자 내일 금요일인데."

"그러니까요, 내일까지죠오…."

해외 퍼블리셔에서 새 업데이트를 대대적으로 광고하기 위해 잘나가는 배우를 홍보 모델로 기용했으며, 그 모델은 기사 유그리트로 분장할 예정이라고 했다. 그러므로 '기사 유그리트는 배신하지 않아야 하며, 끝까지 정의로운 모습으로 등장시켜줄 것'을 개발팀에 요청했는데 문제는 그게 바로 지난주였다는 사실이다. 정확하게는 주말에 있었던 해외 게임쇼 겸 출장을 갔던 대표와 이별명이 토요일 오후에 신이 나서 슬랙*에 '통보'했다.

"우선 이해를 좀 해보자고. 유그리트가 왜 갑자기 배신 때리고

• 스타트업 기업에서 많이 사용하는 업무 협업 툴. 사내 메신저처럼 사용되는 경우가 많다.

마가렛한테 일러바쳤던 걸까요?"

"배신 때리고 말고 간에 유그리트는 골드 드래곤하고 뭐 인연이 없잖아요."

"마가렛의 스승님인 건 알았으니까요. 그 앞에 챕터에서 신세도 지고, 자크투가 이거저거 아이템도 챙겨줬는데 인간이 정이 있지."

"그래서 퍼블리셔 요청도 있고 하니까, 유그리트가 배신 때린 거 아닌 걸로 하고… 아, 어쩌지? 배신한 척했다 그럴까요?"

"왜요?"

"이벤트 신 나온 거는 뭐 꿈이나 환상이라고 하면요? 그냥 다 꿈인 거죠."

"개굴 씨 지금 말하면서도 말 안 되는 거 알죠?"

화이트보드가 붉은색 화살표로 뒤덮였다. 한낙엽은 빈 공간에 커다랗게 "Why?"라고 적었다.

"고래 씨가 생각해본 건 없어요?"

"제 생각엔… 굳이 유그리트를 정의로운 역할로 할 거면, 조종당했다고 하는 게 제일 낫지 않나 싶어요. 동료 중에 하나가 또 다른 드래곤이나 파괴교 대주교인 거죠. 대주교 아직 안 나왔잖아요. 한 명 대주교라고 하고, 그러니까 유그리트가 마가렛한테 얘기하러 가다가 조종을 당한 거다… 이렇게."

나는 한낙엽이 아무 데나 세뇌라고 쓰고 소용돌이 모양을 그리는 동안 덧붙였다.

"이번 챕터에서 유그리트는 세뇌를 풀고, 정의로운 모습으로 돌아가는 거예요. 그리고 마가렛이 골드 드래곤을 공격할 때 온몸으로 그걸 막고 죽는 거죠."

"헐. 대박."

한낙엽이 느낌표를 그렸다. 박개굴은 팔짱을 낀 채로 고개를 갸웃거렸다.

"나쁜 놈으로 나오는 건 안 되는데 죽는 건 되나욥? 퍼블리셔에서 싫다 그러면 어떡해욥?"

"죽는 건 되지 않을까요? 아무튼 착한 편 돼서 멋있게 죽으면."

"안 될 거 같은데. 안 죽이면 안 되나욥?"

"그럼 부상까지만 당하는 걸로."

"대주교는 누군데요? 골드 드래곤은 대주교랑 모르는 사이인 설정인가욥?"

"그게 우리가 7챕터까지 진행하면서 초기 설정이랑 달라진 게 많아서 대주교 설정도 고쳐도 될걸요? 아니, 안 고치면 아예 등장 못 할 거 같은데. 원래 얼음성 맵에 호수 만들어서 거기 나올 예정이었거든요."

"아, 아, 그렇죠오… 얼음 맵 아예 엎어졌죠. 전에 그 엘사같이 생긴 러프 봤는데 걔가 보네욥. 흠? 낙엽 씨는 어때요? 동료 중에 배신자 또 있는 거, 좀 생뚱맞지 않아욥?"

한낙엽은 조금 전까지 박수라도 칠 기세더니 뭐가 또 맘에 안 드는지, "그렇지. 갑자기 배신자가 나오면 어색하죠" 하고 박개굴에게 동조했다. 그러면 다른 설정으로 해야 하는가, 아니면 유그리트가 실은 세뇌를 당한 거라는 설정만 유지하고 배신자 부분을 바꿔야 하는가, 하는 이야기가 또 수십 분 오갔다. 고도의 집중력을 발휘해서 서사를 중심에 둔 훌륭한 논쟁이 오가면 좋겠지만, 이런 회의는 결국 제각각의 취향 전시와 '난 그게 마음에 안 드는데요, 이유는 지금부터 생각하기로 하고'의 200가지 표현으로 뒤덮이기 십상이었다.

"낙엽 씨 아직 안 끝났어요? 우리 회의 잡아놨는데."

이별명이 와서 문을 두드리는 바람에 우리의 기나긴 회의는 반강제로 막을 내렸다.

"이야기 내일 다시 해요?"

내가 묻자, 한낙엽은 자신이 이별명과 함께 주간 업무 보고서를 작성해야 하며, 대표와 다른 상급 팀원들과 얼마나 고통스러운 회의를 해야 하는지 구구절절 설명하기 시작했다. 나는 당신의 일정이 아니라 우리의 회의 예정에 대해 물어본 거라고 말을 끊어버리고 싶었지만, 기분을 상하게 하면 뭐가 어떻게 꼬일지 모르므로 입을 꾹 다물었다.

"김고래."

그날 밤, 나는 또 게임 꿈을 꾸었다. 이건 게임이구나 하는 걸 아니 마음이 편했다. 나비 언니는 번쩍거리는 황금 갑옷을 주섬 주섬 주워 걸치더니 나에게 등을 보여주었다.

"나 이거 뒤에 단추 좀 채워줘."

갑옷을… 단추로 채웁니까? 역시 꿈은 굉장했다. 나는 언니의 황금 갑옷 뒤를 살펴보다가 입체감 없이 패턴 텍스처로만 만들어진 단추를 향해 손을 뻗었다. 게임 꿈답게 손 대신 하얀 검 모양아이콘이 떠올라 단추 위에 닿았다.

"다 됐어요. 그런데 여기는 어디예요?"

"사그라말 요새."

언니가 나를 향해 돌아서더니 씩 웃었다.

"나는 성스러운 기사 유그리트."

"네? 유그리트는 남잔데요?"

그러자 누가 나와 언니 곁에 적당한 거리를 두고 나타났다. 게임 NPC를 대충 배치해둘 때처럼 어중간한 각도로.

"에이, 뭐 우리끼리 파트 맡아서 대사 쳐볼 때는 그런 거 신경 안 썼잖아요?"

박개굴이었다. 귀로 들을 때도 요보다는 윱, 하고 경쾌하게 끝나던 그녀의 어투는 대사 창에 떠오른 글자로 보자니 더욱 독특했다. 나는 박개굴의 벨벳 스커트와 그 위에 망토처럼 둘러 입은 얼룩무늬 털가죽의 기괴한 모양을 멍하니 바라보았다. 이건 구조가 어떻게 된 거야? 묻기 전에 박개굴이 허공에서 쓱 하고 티아라를 꺼내 썼다.

"저는욥! 마법사 마가렛이에욥!"

소름이 끼쳐서 할 말을 잃고 멍하니 서 있자니 박개굴은 손을 휘저어가면서 대화하는 자세를 취하며 타닥타닥 대사 창을 채워갔다.

"아, 근데욥. 고래 씨. 초반에 마가렛 캐릭터 에셋 아이디가 왜 lily냐고 저한테 그러셨잖아욥? 그거 듣고 제가 딱 알았어욥. 고래 씨는 〈페이트〉 모르시는구나!"

"어머, 고래야. 〈페이트〉도 모르고 게임 만들면 어떡해? 누가 봐도 마가렛의 디자인은 세이버 릴리하고 닮았잖아. 머리만 분홍색이고."

대학에서 프랑스 문학을 전공하면서 게임이라고는 〈애니팡〉만 해봤을 것 같은 나비 언니가 근육 모양을 그대로 살린 황금 갑옷을 입고 대사 창의 대사로 나를 나무라는 광경을 뭐라고 요약할 수 있을까.

아, 역시 꿈이구나?

그러고 보니 한낙엽이 이별명과 한 짝이 되어선 나를 보고 '세상에 〈페이트〉도 모르고 게임 만드는 사람이 있네' 하고 농담 반 진담 반 놀려댄 적이 있다. 나는 그게 뭔지는 안다! 동영상도 찾아봤으며, 모바일 게임인 〈페이트/그랜드 오더〉는 잠깐 플레이도 했다, 현질도 했다, 하고 항변했지만 조금도 먹히지 않았다.

"그도 그럴 게, 〈페이트〉를 해봤으면 마가렛 초기 원화가 세이버 릴리랑 똑같이 생긴 걸 모를 수가 없거든요. 우리 대표님이랑 이별명 팀장님이 둘 다 세이버 릴리 팬이라서 모니터 옆에 피규어도 세워놨잖아요. 주위에 관심 좀 가지세요."

"그래. 관심 좀 기울여, 고래야. 현실을 충분히 살아야 좋은 글을 쓸 수 있는 것도 모르니?"

"맞아요. 고래 씨, 이걸 현실이라고 부르는 거랍니다."

저만큼 멀리에 거대한 요새가 보였다. 모래바람이 부는 사막 한가운데 어디서 뚝 떼어 붙인 듯한 절벽이 있고, 석상과 사슬과 금속판으로 뒤덮인 성벽과 문이 불쑥 등장한다. 게임이니까. 화살표는 반짝거리며 사막 한가운데에서도 길을 잃지 않도록 나를 도와주고, 사구를 수십 개나 뛰어다녀도 지치는 일이 없다. 발이 푹푹 꺼지지도, 한 걸음 떼어놓기가 힘들어 숨이 턱 막히지도 않는다. 게임이니까. 꿈이니까. 그래서 꿈속의 나는 연신 마우스 클릭을 하는 기분으로 앞을 응시했다. 요새에 달린 문 근처에 누가 서 있었다. 아마 남은 동료 캐릭터로 분장한 누군가일 거란 생각이 들자 나는 확인하고 싶은 마음이 싹 가시고 말았다.

"있잖아욥."

박개굴의 뒷모습은 영락없는 마법사 마가렛이었다. 아트팀이 힘주어 잡은 모델링에 한 땀 한 땀 넣은 라이팅. 움직일 때마다 티아라에 달린 보석들마저 찬란하게 반짝이는 것만 같았다.

"방송 일 할 때도 그랬어욥."

"뭐가요?"

"똑같이, 그랬다구욥. 뭐랄까… 대놓고 돈 많이 벌고 싶다, 이건 괜찮아요. 대놓고 〈대장금〉 베끼고 싶다, 이것도 뭐 괜찮아욥. 이해하기 쉬운 욕구잖아요. 그런데 절대로 그 말을 안 해준단 말이죠? 이상하게, 어느 순간이 되면 갑자기 다들 태연한 얼굴을 해가지고는. 가끔 그 자리에 앉아 있는 사람 중에 일한 값으로 밥 먹어야 하는 인간은 나 하나뿐인 듯이. 그럴 리 없는데, 나만 구질구질한 세상 기어 다니기 위해 일하는 듯이. 그런 거 알아욥? 의미가 있으면서도 폼은 나야 하는데 그런데 잘 팔려야 하고, 팔고 싶고, 그러니까 잘나간 걸 베껴 오기를 바라지만 베끼라는 말은 안하고. 그런 거욥. 아시잖아욥? 고래 씨도. 사실 우리도 다 그런 거예욥. 똑같죠."

"세이버 릴리를 좋아하니까 세이버 릴리랑 똑같이 만들라고 하고 싶은데, 베낀 거면 안 되고? 베낄 건 아니지만 베껴야 하고 그런 거요?"

"네. 뭐… 아무도 그렇게 말하진 않죠. 정말로, 아무도 그길 바라진 않아요. 사실 자기들이 뭘 진짜로 바라는지 모르는 거죠. 그러니까 우리더러, 그거죠, 그거. 알아서, 베껴달라는 거죠. 만들어서 바치는 쪽에서 알아서 '이건 어때요?' 하고 내미는데 그게 자기가 좋아하는 바로 그거이길 바라는 거. 마법사 마가렛 레퍼런스 페이지 보셨어요? 세이버 릴리 한 컷 붙여놓고, 나머지는 최선을 다해 그 외형을 묘사하는 조각들이 붙어 있죠. 리본이니 표정이니… 그냥 세이버 릴리라고 하면 될 텐데. 직업이 마법사인 거 보세요. 안 베낀 척."

"아니, 그래도. 음, 거기에서 시작했어도 결국 완전히 다른 캐릭터가 됐고, 그리고⋯."

"그러니까요. 차라리 이거다! 하고 베끼기나 하지. 결국 그것도 아닌 게 웃기지 않아요? 다들 자기가 뭘 바라는지 모르는 거, 가만 보면 재밌어요. 다들 자기가 진정으로 뭘 원하는지 몰라요. 모르는 척하는 게 아니라, 있는 척하는 게 아니라, 정말로 모르는 채로 저기 서 있는 거예요. 결국 세이버 릴리에서 시작한 캐릭터가 실제로 업데이트되는 그 순간까지도 모를걸요? 사실 자기가 베끼기를 원했다는 걸. 아무도 그렇게 말하지 않고 아무도 자기가 그걸 바라는지조차 모르는데, 결국은 어중간한 게 들어가 있죠. 그러니까….”

우리도 그런 거예요.

박개굴의 마지막 대사가 떠오르고, 마지막 부분에 자그만 마법진 모양 마크가 빙글빙글 돌았다. 게임에서는 클릭하면 창이 닫히거나 다음 대사로 넘어간다는 의미다. ‘그런 것’으로 적당히 능치고 넘어가는 말이야말로 ‘그런 거’ 아니냐고 나는 묻고 싶었다. 그런 게 뭔데? 그러나 박개굴 본인 역시도 자기가 뭘 바라는지 모를 것이다. 나는 내친김에 걸음을 멈추고 나비 언니에게 물었다. 다시 정의로워야만 하는데 이미 배신을 해버린 사람에 대해서.

“그래서요… 유그리트는 왜 배신한 건가요?”

“현실에 발 디디고 살려고.”

“네?”

“빠밤… 빰! 파이어!”

“네에에?”

꿈은 꼭 이런 식으로 깨는 법이다. 알람 설정한 노래가 중간쯤 흘러나왔을 때. 도대체 그 직전까지의 시끄러운 소리를 어떻게 전혀 듣지 못했는지, 꿈이 소리를 먹어치운 건지 의심하면서. “불타오르네."

어떻게든 회의를 해서 스토리 수정안을 정해야 했는데, 하루 종일 한낙엽은 분주했고 박개굴은 산만했다. 나는 박개굴과 짬이 나는 대로 그 지긋지긋한 '지역 입장 퀘스트'를 수정하기 위해 골치를 썩였다.

"아! 고래 씨… 아이스크림 먹고 싶지 않으세요? 바닐라 아이스크림… 전 엄청 먹고 싶은뎁."

"갑자기? 지금요?"

"네에, 지금욥. 사주시면 안 되나요? 저번에 제가 버블티 샀잖아욥."

"어… 그래요. 오늘 어차피 이거 입장 퀘스트 다시 다 잡으려면 오래 걸릴 거 같고."

"와아! 전 하겐다즈! 아님 엑설런트욥!"

나는 근처 편의점으로 향했다. 엘리베이터를 타고 몇 건물 떨어진 곳에 있는 큰 편의점에서 아이스크림을 콘텐츠 파트원들이 대충 다 먹을 정도로 골랐다. 박개굴에게만 하겐다즈를 사주는 게 모양새가 어색해서 차라리 파인트로 사서 여럿이 나눠 먹을까 고민했지만, 한참 다음 달 업데이트 때문에 예민한데 불러 모으는 것도 어려울 성싶었다. 아이스크림 개수를 맞춘 다음 계산을 하고 올라와 금요일 오후라 그런지 띄엄띄엄 나 있는 빈자리를 돌며 아이스크림을 돌렸다. 내 자리 대각선 뒤쪽에 앉는 레벨 기획자 강펭귄이 의자를 빙그르 돌리더니 물었다.

"잉? 고래 씨 왜 안 들어갔어요?"

"어딜 들어가요?"

"어… 그거 뭐 웹진에 인터뷰 넣기로 했다던데? 아까 개굴 씨가 그거 간댔는데?"

"무슨 웹진요? 전 처음 듣는데요."

"어, 어… 뭐야."

강펭귄이 슬랙 대화 창에 쓰지 않았냐고 물었다. 나는 내 자리에 앉아 슬랙 창을 살펴보았지만 아무것도 없었다. 강펭귄이 내가 보는 화면을 어깨 너머로 흘깃거리더니 이상하다, 이상하다 하며 자기 자리로 의자를 돌돌거리며 돌아가 화면을 띄웠다. 강펭귄, 박개굴, 그 외에 기획자 여러 명이 포함된 대화방이 떴다. 그가 변명하듯이 중얼거렸다.

"스토리 작업자한테 할 말 있으면 여기 쓰라 그래서, 이번에 버그도 얘기하고 그랬는데요. 이거 우리 다 들어간 방인 줄 알았죠."

그가 성의 없이 스크롤을 올렸다. 꽤나 한참 올라가 대화 창의 첫 부분에 다다르자, 박개굴이 여러 명을 초대하며 폭죽 이모티

콘을 붙인 것이 보였다.

'야호! 요기서 스토리 얘기 해주세웁! 꺄!'

작업에 따라 관계자만 묶어 그때그때 대화방을 만드는 건 이상한 일이 아니었다. 나는 이것이 박개굴의 고의라고는 생각하지 않았다. 하지만 그녀가 지금 상황을 몰랐을 거라고도 믿지 않았다. 나는 편의점 비닐봉지를 박개굴의 키보드 위에 내려놓았다. 그녀 몫만 보란 듯이 하겐다즈로 사 올 걸 그랬다. 인터뷰는 길지 않았는지 박개굴은 이내 팀장 이별명과 대표와 함께 아이스커피 잔을 들고 자리로 돌아왔다. 그리고 비닐봉지를 자연스럽게 옆으로 치우면서 발랄하게 말했다.

"고래 씨가 저번에 인터뷰 부담스럽다 그러셔서 제가 갔다 왔어웁! 확실히 좀 부담스럽더라구웁!"

"전 인터뷰 있는지 몰랐네요."

"슬랙에 썼는데 대답 없으셔서웁. 엥, 고래 씨 아이스크림 드셨나 봐요? 입술 빨개져서 섹시하당. 히히."

박개굴은 전에 없이 기분이 좋았고 대표도 이별명과 같이 화기애애하게 세이버 릴리 이야기라도 하는 건지 아주 신이 나서 한참을 둘이 휴게실에 앉아 있었다. 그러나 그 분위기는 오래가지 못했다. 금요일이라 안 그래도 어수선한데, 퇴근 시간이 다 되어서 갑자기 대표 자리 쪽에서 큰 소리가 들렸다.

"야! 이별명!"

꽤 넓은 사무실이 그 순간 거짓말처럼 조용해졌다. 2차 대전 시절 도청을 시도하던 요원처럼 비장한 자세로 헤드폰을 끼고 있던 사람들이 갑자기 하나둘 헤드폰을 벗었다. 대표와 이별명은 사적으로 친한 사이가 아니었는데 갑자기 대표가 고함을 지른 것이다. 나는 솔직히 며칠간은 박개굴에게 냉랭하게 대하고 싶었지만 너무나 궁금한 나머지 그만 비굴한 얼굴로 그녀를 돌아보고 말았다. 박개굴은 안 그래도 떠들고 싶었던 듯 화면을 가리켰다. 나는 그녀가 개인 슬랙 대화 창에 띄워준 링크 몇 개를 차례로 눌러 읽어보았다.

요약하자면, 이별명이 개인 유튜브 채널에서 먹방을 하다가 우리 게임 관련 질문이 들어오자, '구독자 여러분에게만 알려준다'면서 몇 가지를 답해주었다는 것이다. 그런데 그 영상이 캡처되어 게임 사이트에 올라갔고 그중 대표의 마음에 맞지 않는, 나아가 대표 생각에 '중대한 기밀 누설'에 해당하는 정보가 있어서 그가 몹시 화가 났다고 했다.

박개굴: 조심 좀 하징~~~ 에휴휴~~~

김고래: 그러게요...

박개굴이 한숨짓는 이모티콘을 띄웠다.

박개굴: 근데 팀장님 먹방 했구낭... 몰랐네용...

캡처만 봐도 그리 큰 인기가 있어 보이지 않는다고 쓰려는 순간, 이별명이 그냥 잘못했다고 잘 말하는 대신 뭐라고 반박한 모양이었다. 곧 이어서 대표가 다 들으란 듯이 외쳤다.

"네가 인마, 사장이야? 네가 대표냐고! 이별명이! 기획팀장이면, 그래도 돼? 게임에 대해서 너 혼자 막 정하고 그래도 돼?"

"솔직히 틀린 말 안 했습니다. 밸런스 그렇게 갑자기 바꾸는 거 상식적이지 않잖아요, 대표님."

"상식? 사상시익? 너 지금 우리 멤버 전부를 욕한 거야, 어?"

"엔씨에선 그렇게 안 만들거든요?"

윽, 하고 누군가 목 졸린 듯한 소리를 냈다. 대표가 기어이 무슨 종이 뭉치라도 하나 바닥에 던지는 것 같더니 고성이 이어졌다.

"씨발, 야! 네가 뭐 〈리니지〉 혼자 다 만들었어? 〈리니지〉를 창조하셨냐고요! 지가 김택진이야? 송재경이야 뭐야? 기껏 한 게 뭐, 응? 씨발… 엔씨 사무실에, 거, 뭐, 이케아 나뭇잎 하나만도 못한 새끼가. 나는 인마, 응? 나는… 나는 그러면, 새끼야."

지금 회사를 설립하기 전까지는 게임 회사에서 일한 적도 투자한 적도 없었으므로, 대표는 잠깐 입을 어물거렸다. 나는 나다. 그렇게 외치려나. 하지만 대표는 달랐다. 그는 바로 일침을 가하지 않으면 자기가 지는 것 같았는지, 침묵이 길어지기 전에 얼른 이렇게 외쳤다.

"나는, 나는 엔씨 주주야! 이 새끼야!"

고요한 사무실에서 타닥타닥 타다다닥 분주한 자판 소리가 울려 퍼지기 시작했다. 회사 업무용 슬랙은 경영지원팀에서 점심시간 전에 보낸 '화장실 휴지를 아껴 씁시다' 이후 고요한 것을 보니, 모두들 개인적인 카카오톡 채팅 방이나 블라인드 '게임 라운지'에서 정열을 불태우고 있는 게 틀림없었다. 과연 잠시 후 다른 회사에 다니는 친구가 카카오톡 채팅 방에 캡처 짤 하나를 올렸다. 'ㅋㅋㅋ'로 절반이 도배된 게시글에는 "나는, 엔씨 주주야!" 라고 적혀 있었다.

윤먼지: ㅋㅋㅋㅋㅋㅋ 나도 엔씨 주식 1주 있는데 주주 가나요~

김고래: 1주 있어도 주주 맞지...

조미역: 야, 그런데 엔씨 주식 개비싼 거 아님? ㄷㄷㄷ먼지 님 재벌이네.

윤먼지: 재벌 되기가 이렇게 쉽습니다...

하참치: 너도 사라. 주주와 재벌의 길이 너를 기다림.

조미역: 그 돈 있으면 뜨끈~한 국밥 사 먹지 주식을 왜 사?

스토리 회의는 역시나 끝나지 않았다. 기사 유그리트가 누군가의 조종을 받았던 걸로 하자, 까지는 정했지만 그 '누군가'가 누구일 것인지 등등 남은 조정 사항을 남긴 채 금요일이 가버렸으므로. 한낙엽은 느긋하게 다음 주 회의를 잡았지만 나와 박개굴은 슬슬 초조해졌다. 그리고 다시 월요일, 역시나 스토리 회의를 해야 한다는 내 말에 한낙엽은 정신이 딴 데 팔려 영 집중을 못했다. 그뿐만이 아니라 사실 팀 분위기가 온통 어수선했다. 사람들이 삼삼오오 담배를 피우러 간다, 커피를 마시러 간다, 하며 슬금슬금 사라졌고 한참 동안 돌아오지 않았다.

지난번에도 이랬다.

'개발팀장' 김물풀이 대표와 대놓고 싸우더니 갑작스러운 권고사직으로 사라지고, 개발팀장 자리가 서버팀장에게 돌아가면서 '기획팀장'이 새로 생기고, 콘텐츠 파트장이던 이별명이 그 자리로 올라가기까지는 시간이 좀 필요했다. 그동안 사람들은 얘가 올라간다 쟤가 올라간다 새로 팀 만든다 PD 직책이 생긴다 아니다 실장 직책이 생길 것이다, 운운 서로 자기 추측을 늘어놓느라 도무지 일이 진행되질 않았다. 결정권자의 자리가 붕 떠버린 상황에다 게임이 정식 서비스를 시작하기도 전이라 더 그랬던 건지도 모르겠다. 나는 좀 들뜬 박개굴을 데리고 점심을 먹으며 우선 둘이서 맞출 수 있는 부분부터 이야기했다. 박개굴은 지난주 인터뷰를 다녀온 후 너무나 기분이 좋았기 때문에 일하기 편했다. 논의가 시작하자마자 끝났다. 그러자 박개굴이 자기가 양치질하러 화장실에 갔다가 만난 다른 파트 사람들에게 들었다며, 이별명의 퇴사 건을 꺼냈다. 아무래도 이별명의 퇴사는 발표만 안 났지 기정사실이나 다름없는 모양이었다.

"윤잉어 파트장님이 팀장 될 거라던뎁. 저번엔 밸런스 쪽에서 올렸으니까 이번엔 시스템이나 콘텐츠에서 올릴 거라고욥."

"모르죠. 연차순으로 보면 그럴 것도 같은데, 앞으론 아예 기획팀장 없애고 PD를 따로 둘 거라는 말도 있고."

"에엥, 그럼 PD 밑에 기획은 파트장만? 그래도 기획팀장은 있어야죠오…."

윤잉어가 정말로 팀장이든 실장이든 한자리하게 되면 한낙엽은 파트장을 노리는 모양이었다. 그럴 때도 됐지 하고 무감하게 생각하는데, 박개굴이 어딘가 열기가 느껴지는 목소리로 중얼거렸다.

"스토리 파트 따로 만들면 좋을 거 같은데."

내가 시선을 돌리자 박개굴은 태연하게 눈동자를 데구르르 굴리더니 씩 웃었다.

"고래 씨 파트장 하시라구욥."

이 모든 상황이 우스웠다. 정말로 웃길 리도 없는데. 아마 꿈속의 나비 언니가 나타났다면 틀림없이 나를 향해 게임 같은 제스 처로 나를 손가락질하며 이렇게 말했겠지.

"그래야. 넌 현실이 다 구질구질하다고 생각하지?"

오후에는 슬랙에 공지가 떴다. 인터뷰 기사가 벌써 떴으니 가 서 읽고 '선플'을 달아달라는 메시지와 함께. 가서 대충 훑어보니 우선 사진이 눈에 들어왔다. 훈훈한 표정으로 앉은 대표 곁으로 팀장 이별명과 AD 배부추와 마케팅팀의 오자두, 그리고 우리의 박개굴이 파이팅 포즈를 취하면서 찍은 사진이었다. 그중 박개굴 은 마법사 마가렛에게 많은 정이 간다면서 방송 일과 게임 작업 의 공통점에 대해 길게 설명했다.

[덧글]

lnger77: 와^^ 업데이트 기대되네요!

└ 두억si닉닉닉: 알바 존나 티나게 하네...

└ 마검사the존버: 네 다음 직원~

└ 인공인간18호: 월급 받기 힘들지?

음메움매: 망겜 아직 하는 흑우 없제?

맹랑핫덕후: 김물풀 퇴사한 다음부터 운영 완전 막장이던데... 전설템 날아가는 버그 어케 됨?

장군멍군대원군: ㅋ기획자 여자 머임? 연예인이었다면서 얼굴 실화?

└ 두억si닉닉닉: 존나 초면임

└ 그저빛as킹갓: 엥? 배우 아니고 작가라는 거 아님?

마검사the존버: 마가렛이 지들 자캐라는 거 뇌피셜이 아니라 공식이
었네. 마가렛 년 극혐...

가즈앗101010: 기획자가 마가렛 빙의한다는 소문 듣고 왔습니다.

제시값알바아님: 정당한 비판 하는 유저 정지시키는 망겜~ 응 안 해~

덧글란이란 워낙 다 그렇게 마련이지만 아무래도 신경이 쓰이
더니, 퇴근 시간쯤 되어서는 또 사람들이 수군거릴 일이 터졌다.
박개굴이 "유저들의 편의를 위해, 각 지역 입장 퀘스트를 삭제하
려고 한다"고 말한 부분이 이상하게도 문제가 됐다. 갑자기 게임
게시판에 '고인물들은 게을러서 퀘스트 안 한다고 했다'는 둥 글
이 올라오고, 위키 페이지가 생성되고, 곧 박개굴의 웃는 얼굴이
마가렛의 머리에 합성되어 돌아다니기 시작했다. 예전에도 인터
뷰나 간담회를 진행한 적이 있다 보니, 대표나 팀장의 사진도 툭
하면 "별명아, 일하기 싫지?" 하는 식으로 게시판에 돌아다닌 적
이 있지만 박개굴은 처음이라 그런지 눈에 띄게 어깨가 축 처졌
다. 시무룩한 박개굴이 신경 쓰여서 나는 아이스크림 먹을래요?
하고 물었다.

"…네?"

그녀가 멍한 얼굴로 턱을 괴고 앉아 있다가 자세를 풀었다.

"개굴 씨, 하겐다즈 바닐라 드실 거냐고요."

"아뇨오. 저 유제품 알러지 있어서 아이스크림 안 먹어요오…."

갑자기? 지난주에는 없던 알레르기가 이번 주부터 생겼나 보다. 곧 박개굴이 심드렁하게 "이슈 하나 넘겨드렸어욥. 대화 불가 버그욥" 하고 말했고 나는 내 일로 돌아갔다.

그날 밤, 꿈속에서 나는 다시 사그라말 모래 요새가 보이는 사막 가운데 서 있었다. 분명 같이 있었던 박개굴은 없고 그녀가 걸쳤던 마법사 마가렛의 의상이 바닥에 아무렇게나 떨어져 있었다.

"퀘스트 수락하고 오지 않으면 그거 클릭 못 해."

나비 언니였다. 언니는 여전히 번쩍거리는 황금 갑옷을 입고 있었다.

"무슨 퀘스트요?"

나는 물었다.

"너는 대사 없어."

언니는 그렇게 답하며 자기 몸만 한 검을 하나 쑥 뽑더니 모래 바닥에 푹 꽂았다.

"고래야. 나 스타트업 마케팅팀으로 옮기기로 했다. 페이스북 찾아봐. 물류하고 공유경제 위주로 글 몇 개 쓸 거니까 좋아요 눌러주고."

나는 또 어안이 벙벙해서, 사막 한가운데 홀로 선 채 외치는 수밖에 없었다.

"갑자기요? 여기서요?"

나비 언니는 황금 갑옷을 벗지도 않고 꼭 장비 인벤토리 안에서 복장을 바꾸듯 곧바로 잿빛 정장 차림으로 변했다. 그러더니 더는 게임 캐릭터 같지 않은 걸음으로 자유롭게 사막을 벗어났다. 나는 퀘스트의 진행을 알리는 화살표가 요새를 향해 반짝이는 것을 올려다보며, 가만히 손을 멈추었다. 아무것도 나를 망가뜨리지 못하고 지치게 만들지 않는, 적당히 아름답고 수상할 정도로 정교한 사막이 끝없이 펼쳐져 있었다.

"나 참. 이 사람이 게임 원 데이 투 데이 만드나? 끝이 왜 없어요? 이거 맵 사이즈가 정해져 있는데 당연히 끝이 있지."

혼자보다는 차라리 참견이 고마웠다. 나는 소리도 없이 등장한 한낙엽에게 검을 건넸다. 그는 건방지게 짝다리로 선 포즈로 나를 흥, 하고 흘겨보았다. 그의 가슴 어름에 떠오른 '도적 레드빈'이라는 플레이트가 보였다.

그래서 이렇게 말해보았다.

"낙엽 씨가 배신자 하자."

"헐. 대박."

그가 한낙엽이 아니라 도적 레드빈처럼 낄낄 웃었다.

"도적 레드빈은 사실 몇 번 도와주고 이끌어준 마가렛을 동경했던 거죠. 그래서 유그리트와 마가렛을 쫓아가게 됐을 때 우리를 '도적의 지식'을 활용해 지름길로 인도해주는 척해요. 하지만 그는 이미 배신자였어요. 도적이어서가 아니라, 유그리트를 저주술로 조종한 것도 레드빈이었으니까 그는 미리 지름길을 알았던 거고. 덕분에 우리를 안내할 수도 있었던 거예요."

"뭐… 다 좋은데요. 고래 씨, 제가 왜 마가렛을 배신한 건데요. 님 말대로 제가 밑바닥 도적 주제에 공주님을 엄청나게 존경하고 사랑하고 뭐 그랬다면."

레드빈은 마가렛과 동등해지고 싶고, 사랑을 주고받고 싶었지만 그녀에게 그는 그저 가엾은 천덕꾸러기였으니까요. 관계의 시작을 고칠 순 없죠. 범죄 조직에 이용당하던 잔챙이 나쁜 놈에서 공주님과 영웅들에게 감화된 동료의 말석을 차지했어도 절대로 연인이 될 순 없다는 걸, 그는 어렴풋이 알고 있었던 거예요.

시작을 바꾸지 못한다면 끝을 바꾸는 수밖에요.

사람은 자기가 뭘 바라는지 잘 몰라요. 그렇지만 욕망은 저 퀘스트 알림 같은 거여서, 우리는 완전히 자유롭다는 착각 속에서 정해진 길을 따라가죠.

나는 그렇게 말하지 않았다.

"왜긴요. 파트장이 되기 위해서죠!"

그렇게 말했다.

"맞아요."

한낙엽이 덩실덩실 춤을 추기 시작했다. 게임 원 데이 투 데이 만드나? 게임을 어떻게 만들어야 잘 만들었다고 소문이 날까? 소문이 왜 나? 내가 파트장이 되어서 나는 거지.

반복된 프레임으로 춤을 추면서 그가 자신의 퀘스트를 따라 멀어져갔다. 나는 내 퀘스트 알림 창을 열었다. 게임의 알림 창 대신 갑자기 페이스북 메인 페이지가 뜨는데도 꿈이기 때문에 나는 매우 자연스러운 동작으로 움직였다. 아이디와 비밀번호를 써 넣자 타임라인의 제일 윗부분에 정나비라는 이름과 새 게시물이 떠올랐다.

물류와 공유경제, 4차 산업혁명 시대를 살아가는 마케터 정나비의 새로운 도전!

제가 스타트업 이직을 선택한 이유에 대해서 꼭 맞춤인 글을 발견했어요. 너무너무 애정하는 우리 멤버 최상어 씨의 인터뷰입니다!

나비 언니가 조교였던 강의에서 내가 무슨 글을 써서 제출했는지, 이제는 기억나지 않았다. 언니가 선배다운 애정으로 밤을 새워가며 읽고 채점해서 돌려주었던 원고에 정확하게 뭐라고 적혀 있었는지도. 내가, 혹은 언니가 읽고 고민하고 공부했던 모든 것도 이를테면 선행 퀘스트라고 할 수 있을까. 인과를 이루는 여러 개의 느낌표를 따라 게임 속 여정은 계속된다. 완전히 자유롭다는 착각 속에서. 사실 고를 수 있는 선택지는 아주 적은 채로.

'하지만 또 아주 정교하게 정해진 건 아니게 마련이지.'

나는 나비 언니의 글에 '좋아요'를 눌러주었다. 살다 보면 갑자기 예상외의 인간이 배신을 하고, 얼음성 대신 사막 도시를 조우하거나 골드 드래곤이 내려앉은 성채로 가게 될 수도 있다. 나의 어제와 오늘이 꼭 내일의 복선은 아니어도 될 것이다. 복선처럼 보일지라도. 때로 선행 퀘스트를 싹 다 망쳤거나, 잘못 걸어온 듯 여겨질지라도. 뭐, 어떤가.

이게 다 게임이라면.

더 살아보면 내일의 내가 머리 터지게 고민해서 어제의 나를 복선으로 만들 날이 올 수도 있고, 그런 거 아니겠는가. 나는 고개를 들어 게임 속의 나를 인도하는 화살표와, 느낌표와, 혹은 그 외의 다른 수많은 장치들을 향했다. 그리고 나비 언니 대신 나 자신에게 말해보았다.

"현실에 발을 디디고 살아가야지."

웃음이 터졌다. 지금요? 이제 와서요? 제가요? 이건 게임인데요! 걸어도 걸어도 요새에는 닿지 못하고 해는 지지도 뜨지도 않는 사막에서, 나는 7시가 되기를 기다린다. "불타오르네"가 울리는 시간까지.

즉위식

김철곤

장편소설 『드래곤 레이디』, 『S.K.T.』 등을 출간하고 여러 단편을 발표했다.
또한 〈드래곤네스트〉와 모바일 버전 〈화이트데이〉 등 다수의 게임 제작에
시나리오, 기획으로 참여했다.

1

재미난소프트(주). 〈영원한 전설〉이라는 MMORPG를 발표하여 게임계의 전설이 된 회사. 당시로서는 상상도 할 수 없었던 300명 동시 접속 공성전의 웅장함은 전투 승패가 다음 날 조간신문에 실릴 정도였다. 누구나 영웅도 악당도 될 수 있는 자유로운 세계와 유저들의 행위로 결정되는 라이브 시나리오는 전 세계의 유저들을 이 게임의 충성스러운 좀비로 만들었다. 단 하나의 게임으로 재미난소프트는 게임 제국이라 칭송받았고 제국은 영원할 것이라 믿어 의심치 않았다. 나 역시 그렇게 믿는 좀비 중 하나였다.

그리고 10년이 흘렀다.

"좋은 아침입니다."

사무실 문을 밀고 들어오자마자 혈압 터지는 풍경이 펼쳐졌다. 일단 절반도 출근하지 않았다. 그나마 제때 출근한 다섯 명도 세상에서 가장 지루한 표정으로 모 배우의 불륜 기사나 보고 앉았다. 열심히 키보드를 두드리는 직원이 하나 있어 기특했는데 슬쩍 보니 다른 회사에 넣을 이력서를 쓰는 중이었다. 눈앞의 모든 것을 이세계로 던져버리는 버튼이 있다면 주저 없이 눌렀을 것이다.

'하지만 어쩌겠어. 폐가인데.'

10년 전 게임 제국이라 불렸던 이 회사는 이제 사람들에게 '폐가'라고 불린다. 자매품으로 우리 회사의 유일한 게임은 '폐가 온라인' 혹은 '민속촌'으로 통한다. 너무 상큼한 네이밍이라서 웃을 뻔했다. 내 직장만 아니었다면 시원하게 웃었을 것이다.

"안녕하세요. 대표님."

나는 대표실(겸 창고)로 들어갔다. 옛 영광의 신기루 같은 트로피들 사이로 빈 컵라면 용기들과 카페인 음료 따위가 나뒹구는 책상 위에서 그녀가 부스스 고개를 들었다.

"어. 탁민아. 좋은 아침."

"오늘도 밤새우셨어요? 그러다 또 응급실 갑니다."

내 푸념에도 불구하고 의자에 쪼그려 앉은 대표의 시선은 모니터에 빠져 있었다. 밤을 꼬박 새워 푸석한 얼굴, 올빼미처럼 커다란 안경, 이젠 몸의 일부가 된 것 같은 낡아빠진 후드 티, 어떻게 봐도 IT 기업의 대표가 아니라 CIA가 추적하는 천재 해커로 보이는 그녀의 이름은 이제리. 재미난소프트의 창립자이자 내가 이 회사에 입사한 이유 그리고 그만두지 못하는 이유다.

"조금만 기다려줘. 오후까지는 디버깅 끝내고 버전 패킹할 수 있어."

"꼭 오늘 안 해도 되는데요."

"안 돼. 유저들이 기다리잖아."

그녀의 목소리가 소낙비 같은 키보드 타음에 묻혔다. 아아, 또 완전 몰입 상태네. 이제 말려도 소용없겠지.

그녀는 13년 전 고등학교를 자퇴하고 독학으로 프로그래밍 언어를 배웠다. 그리고 혼자서 〈영원한 전설〉의 프로토타입을 만들어 무료로 서비스했다. 그녀는 그 프로토를 '이유는 모르겠지만 어떻게든 움직이는 누더기 인형'이라고 말했으나 게이머들은 이 투박한 게임에 열광했다. 당시 다른 상용 게임들에서는 느낄 수 없는 엄청난 자유를 공짜로 선사한 것이다. 이 무료 게임은 공개 일주일 만에 접속하려면 여섯 시간 이상 대기해야 하는 지경에 이르렀다.

팬들의 계속된 요구에 시작된 게임 펀딩은 1분 만에 목표치를 돌파했고 '정신을 차리고 보니' 재미난소프트가 설립되었다. 이 게임에 반한 많은 개발자들이 이 회사의 문을 두드렸고 2년 뒤 그녀의 상상이 완전히 구현된 정식 서비스로 재탄생했다. 말 그대로 회사는 돈방석에 앉았다.

그것이 그녀의 불행이었다. 게임 외엔 아무런 관심도 없고 세련된 프레젠테이션은커녕 회의 시간 10분이 지나면 바로 이어폰을 껴버리는 괴짜에겐 까무러칠 재산도 세간의 관심도 잘나가는 회사의 경영도 그저 낯선 스트레스일 뿐이었다.

그 무렵 미국 MBA 출신이라는 남자를 영입했다. 그녀는 거의 모든 경영을 그에게 넘기고 개발에 몰두했고 그는 얼마 후 공동대표가 되었다. 게임의 인기는 나날이 치솟았지만 그럴수록 그녀의 업무량은 살인적으로 늘어갔다. 그걸 막았어야 할 공동대표는 오히려 더 부추겼다. 결국 그녀가 과로로 쓰러져 응급실로 실려간 뒤 열흘 후 복귀했을 때 그녀는 〈영원한 전설〉의 개발 권한이 공동대표에게 넘어갔다는 것을 알았다. 명목상으로는 그녀의 건강이 우려되어 짐을 나누는 것이라고 했지만 그 시커먼 속내는 뻔했다.

'만약 내가 그때 그 자리에 있었다면 막을 수 있었을까.'

그녀의 대응은 비이성적이었다. 자신의 분신과 같은 게임을 빼앗긴 것에 대한 울분을 '사업적으로' 해결하는 방법을 몰랐던 그녀는 울음을 터트리며 공동대표를 때리고 할퀴었다. 이 폭행 사건은 인터넷을 강타했고 공동대표에게 접대받은 기자들에 의해 그녀는 독선적이고 유아적인 자폐증 환자로 낙인찍혔다.

이후의 일은 흔한 비극으로 끝났다. 그녀는 자신의 지분과 재산을 대가로 개발 권한을 되찾았지만 이미 회사는 기울 대로 기운 뒤였다. 공동대표는 개발자들을 데리고 퇴사하여 대기업과 손을 잡고 대형 게임 제작사를 만들었다. 그리고 지금은 한국 게임 업계에 군림하는 거대 퍼블리셔의 의장이 되어 '서로 옷만 다른' 게임들만 찍어대는 중이다. 자칭 문화전도사라고 하던가? 이 역시 상큼한 네이밍이라서 하마터면 웃을 뻔했다.

"탁민아."

"네, 대표님."

"어… 미안해."

"그렇게 미안하면 조금이라도 주무세요."

나는 천천히 문을 닫았다.

잘 알고 있다. 비즈니스에서 순수함이란 곧 약점이라는 걸. 그 사실을 부정할 생각은 없다. 하지만 결코 미안할 일은 아니다. 그녀가 순수하지 않았다면 사람들이 열광했던 전설은 처음부터 시작도 못 했을 것이다.

2

컴퓨터 전원을 누르며 깊게 심호흡을 했다.

'자 이제 현실로 돌아오자.'

순수와 열정이 대표의 미덕이라면 사업부장인 내 미덕은 침착과 냉정이다. 무슨 수를 써서라도 돈을 구해 오는 것. 이번 분기까지 부채를 못 갚으면 전설은 진짜 전설이 되어 끝나게 된다. 하지만 누가 이 사멸해가는 백색 왜성에 투자를 할까. 매일매일 IR을 다듬어 투자자들에게 보냈지만 돌아오는 건 이미 우리 회사는 사망했다는 진단서뿐이었다. 또한 여기엔 '문화전도사'의 훼방질도 한몫했다. 이 바닥에서 그 인간 심기를 거스르고 싶은 투자자가 적어도 우리나라엔 없을 테니까. 그 공사다망한 양반이 굳이 죽어가는 우리 회사 괴롭히는 이유를 모르겠지만 아마도 예전 대표님이 할퀸 상처가 아직도 욱신거리는가 보다.

나는 외계 신호를 기다리는 세티 연구원의 심정으로 회사 메일함을 열었다. 곧 눈매를 좁혔다.

'뭐지 이게?'

지긋지긋한 스팸들 사이로 의문의 메일이 도착해 있었다.

'국가 코드가 mm이라고? 어디야 그 나라는?'

나는 떨떠름히 메일을 클릭해 읽었다. 그러고는 다시 한번 중얼거렸다.

"진짜 뭐야 이거…."

외계에서 온 신호였다.

3

영문 메일 내용을 요약하면 다음과 같았다.

무만왕국의 둘째 왕자이자 왕세자이신 람파 태자께서 귀사의 다중접속게임 〈영원한 전설〉을 자국에 서비스코자 하시니 이에 응답토록 하여라.

열 번을 다시 읽었지만 확실히 저 뜻이다. 이게 뭔 소린가 싶다. 심지어 메일 하단에는 왕실 인장까지 워터마크로 박혀 있었다. 살다 살다 이메일로 어명을 받아볼 줄은 몰랐다.

'그것도 신비의 왕국을 통치하는 왕자님한테서….'

물론 로컬라이징 제안은 언제나 환영이므로 어명을 받들겠다는 답장을 보냈다. 장난치는 거라면 꽤 신선한 시도였다는 추신까지 달아서. 하지만 이건 사업팀장으로 당연한 응대를 한 것일 뿐 진짜라고 믿지는 않았다. 상식적으로 미시의 왕국 왕세자가 10년 전에 출시된 망해가는 대한민국 게임을 갸륵히 여겨 친히 굽어살피겠다는 망극한 이야기를 제정신으로 믿을 사람이 누가 있을까. 그저 지푸라기라도 잡는 심정으로 (또 달리 할 일도 없어서) 응답했을 뿐이다.

그리고 며칠 후 김포공항으로 무만왕국 전용기를 보내겠다는 연락이 왔다. 다시 말하지만 누군가의 장난이라면 정말로 신선한 시도다.

4

정신을 차리고 보니 나는 인도차이나반도로 향하는 전용기 안에서 떨리는 손으로 찻잔을 들고 있었다.

"미스터 탁. 표정이 안 좋으시군요."

"네?"

"차에 독은 없습니다. 안심하시길."

그녀는 유창한 영어로 농담(이길 바라는 말)을 던졌지만 표정이 너무 쌀쌀맞아 찻잔만 더 떨렸다. 왕국이라고 해서 친환경적으로 만든 원주민 복장을 예상한 건 아니지만 딱 부러지는 단발에 무테안경, 검은 슈트라는 엘리트의 심벌로 무장한 그녀의 이름은 코토토. 람파 태자의 비서실장이라고 한다. 빈틈없는 비즈니스 정장에 왼쪽 눈썹 위에만 코발트색 전통 문양을 그려 넣은 모습이 그녀를 더욱 묘한 분위기로 이끌었다. 나는 비서실장을 향해 어색하게 웃다 싸늘한 반응에 고개를 돌려 홍차를 홀짝였다.

'설마 이렇게 호화로운 방식으로 피랍되는 경우는 없겠지?'

너무 황송해서 식은땀이 흐른다. 외교부도 허가했으니까 별일이야 있겠냐만 게임 로컬라이징 킥오프 미팅을 2만 피트 상공에서 왕실 비서실장과 단둘이 하는 경우는 내가 처음이자 마지막일 거다. 게임 서비스가 무슨 국책 사업도 아니고.

"나는 디지털 게임을 잘 모릅니다. 해본 적도 없습니다. 중요하다고 여기지도 않습니다."

IR 브로슈어를 넘겨보며 코토토 비서실장은 타자기처럼 말했다.

"당신을 부른 건 왕세자 저하의 뜻이지만 나는 지금도 못마땅합니다. 고작 게임 따위가 긴 아픔을 이겨내려는 우리 왕국에 무슨 도움이 될 수 있을까요. 오히려 불필요한 혼란만 불러올 겁니다."

신과 클라이언트의 공통점은 우리에게 일용할 양식을 준다는 것이다. 그러니 신의 기분을 거스르는 짓은 그리 현명한 행동이 아니다. 특히 우리처럼 당장 굶어 죽기 직전인 가난뱅이라면 더

욱더.

"정말 그럴까요?"

그녀는 눈길만 올려 나를 바라봤다.

"소금을 많이 먹으면 수명이 줄지만 적당하면 삶의 즐거움이 늘어납니다. 게임도 마찬가지라고 생각합니다. 물론 유저의 도전 욕구를 악용해서 돈을 뜯는 못난 게임도 있습니다만 적어도 우리 회사의 게임은 유저들에게 즐거운 경험을 주는 것을 목표로 합니다."

비서실장은 브로슈어를 툭 덮으며 대답했다.

"그래서 귀사의 재무 상태가 이렇습니까?"

싸늘하다. 그녀는 내게 목줄을 걸 듯 약점을 찔렀다.

혈관 속에 냉각수가 흐르는 것 같은 그녀는 쓸모없는 논쟁이 싫은지 잠깐의 침묵으로 대화에 마침표를 찍었다. 그리고 내가 찻잔을 내려놓자 다시 입을 열었다.

"이미 알아보고 오셨겠지만 우리 왕국은 아직 계엄령 중입니다."

"네."

"그리고 도망친 첫째 왕자 탐파는 계속 왕위를 빼앗을 기회를 노리고 있습니다. 그는 자기 권력을 위해 모든 사람의 모든 것을 빼앗는 남자입니다."

건조하게 말하는 그녀의 눈동자 속에서 처음으로 감정을 보았다. 그건 분명 분노였다.

"즉 게임 사업을 하기에 좋은 상황이 아닙니다. 각오하셨습니까?"

"네."

나는 스스로 놀랄 만큼 주저 없이 답했다. 일단 '저는 그냥 일개 직원이라서 몰라요'라고 말했다가 그녀가 경멸 어린 표정을 짓는 걸 보기 싫을뿐더러, 국가의 안녕과 비교할 수야 없겠지만 이쪽도 계약이 무산되면 끝장난다는 점에서는 똑같이 절실하다. 그리고 이 차가운 비서실장에게 조국이 소중하듯 나도 우리 회사의 게임이 소중하다. 여기까지 날아왔는데 소중한 것을 지키는데 미적거릴 것 같은가?

코토토 비서실장은 하얀 셔츠의 소매를 올려 타이맥스 전자시계를 바라봤다.

"도착 예정까지 네 시간 38분 남았습니다."

"…."

"그동안 내게 디지털 게임이 무엇인지 알려주세요. 가장 기초적인 것부터."

그녀는 수첩과 볼펜을 꺼냈다.

5

무만왕국 유일의 공항에 내리자마자 긴장감에 식은땀이 흘렀다. 온통 새하얀 대리석으로 치장한 공항은 차라리 신전에 가까웠다. 계엄령 이전에도 일반 국민은 사용할 수 없었는지 모든 것이 지나치게 반짝였다. 자동화기로 무장한 군인들의 모습도 불안하기 짝이 없었다. 아무리 모른 척하려 해도 대한민국 국민으로 이런 광경을 보면 바로 떠오르는 독재 국가가 있었던 것이다.

'설마 아까 타고 온 비행기가 만경봉호였나?'

마른침을 꿀꺽 삼켰다. 당장 교화소 같은 곳으로 질질 끌려가서 왕족 이름을 틀릴 때마다 채찍질당할 것 같은 살벌한 분위기였다.

"이곳이 불편하신 것 같군요."

코토토 씨가 옆에 서며 말했다.

"아, 아뇨. 나라마다 서로 문화가 다르니까요."

"말 돌리실 거 없어요. 저도 불편합니다."

"네?"

"이건 쫓겨난 첫째 왕자가 만든 공항입니다. 이곳만 봐도 그가 어떤 인간인지 아시겠죠?"

비서실장은 또다시 노골적인 경멸을 드러냈다. 이딴 졸부 짓거리에 국고를 펑펑 써대는 지도자라면 누구라도 미워하겠지만. 한편 마음은 훨씬 편해졌다. 이런 공항을 만든 형을 쫓아낸 왕자가 고객이라면 사업을 진행하기가 한결 수월할 거라는 기대가 생겼다.

"미리 말씀드리는데 람파 왕자님도 상식적이지는 않습니다."

"네? 어째서요?"

"이 판국에 게임 서비스하겠다고 고집부리는 것부터 비상식적이지 않습니까?"

아니 이거 불경죄 아닌가? 차분한 표정으로 폭언을 내뿜는 비서실장이었다.

"태자 저하께서 납십니다."

공항 밖으로 나온 그녀가 무릎을 굽히며 예를 갖추자 나도 황급히 그녀를 따랐다.

'지금 왕자가 공항에 왔다고? 날 마중하러?'

망해가는 벤처 기업 직원이 국빈 대접 받는 날이 올 줄은 몰랐다. 성은이 너무 망극해서 심장이 터질 것 같았다.

그리고 고개를 숙인 내 귓가에 마치 퉁소와 소금(小金) 소리처럼 들리는 취타대 연주가 울렸다. 어쩐지 저 리듬이 슈퍼 마리오 BGM의 궁중 음악 버전 같다는 게 신경 쓰이지만 분명 내 착각이겠지. 그보다 더 신경 쓰이는 건 울림, 이건 착각이 아니라 진짜 땅이 울리고 있었다. 마치 10미터쯤 되는 거인 왕자가 내게 성큼 성큼 다가오는 것처럼. 그 진동이 내 앞에서 멈췄다. 곧이어 청명한 목소리가 들렸다.

"반갑소, 미스터 탁. 고개를 드시오."

조심스럽게 고개를 들어 왕자를 바라보는 순간 곧바로 비서실장의 마음을 이해했다.

'역시 상식적인 사람은 아냐.'

람파 왕자는 붉은 천과 황금빛 천으로 치장한 용포를 걸친 채 높은 곳에서 나를 내려다보고 있었다. 그러니까 거대한 코끼리 위에서 말이다.

"자, 뒤에 타시오."

그냥 이세계에 소환되었다고 생각하는 편이 훨씬 마음이 편할 것 같았다.

6

코끼리를 타고 궁전에 온 나는 계약을 거의 포기하고 있었다. 이건 그저 은둔 왕국을 지배하는 괴팍한 왕자의 고집일 뿐, 진지하게 게임을 서비스하고 싶은 이유 따윈 보이지 않았다. 나는 예전 아랍 왕국들과 사업을 진행한 적이 있었다. 그때도 똑같았다.

국고를 쓰는 데 국민의 눈치를 볼 필요가 별로 없는 왕족들은 순간의 호기심으로 무턱대고 사업을 시작했다가 흥미를 잃으면 갑자기 계약을 취소했다. 나는 이번 일도 인생이 지루한 권력자의 유희에 불과하다고 생각했다. 이 말을 듣기 전까지는 말이다.

"왜 하필 〈영원한 전설〉이냐고? 그 게임은 스위스 유학 중일 때 내게 많은 용기를 줬으니까."

"해보셨다고요? 스위스에서?"

"물론이오. 정규 서버는 아니었지만."

서비스 계약을 맺은 적이 없는 스위스에서 람파 왕자가 우리 게임을 할 수 있었던 것은 순전히 우리 대표 덕이다. 그녀는 세계 유저 누구나 서버를 열고 개조할 수 있도록 클라이언트를 무료로 공개했다. 심지어 무료로 테크니컬 서포트까지 해줬다. 물론 이 기행에 주주들은 배임 행위라며 크게 반발했고 그녀가 경영권을 빼앗긴 이유 중 하나가 되었지만 그녀는 끝까지 뜻을 굽히지 않았다. 나는 그녀가 옳았다고 생각한다. '게임은 홀로 존재할 수 없다'는 그녀의 철학을 믿는다. 그녀의 씨앗을 받아 세계 곳곳에서 태어난 수많은 〈영원한 전설〉들은 평행 세계가 되어 서로 다른 모습으로 진화했다. 람파 왕자도 그 무수한 세계들 중 하나를 여행했을 것이다. 나 역시 그런 차원 여행자들 중 하나였다.

"내 계약 조건은 간단하오. 무만왕국 언어로 된 〈영원한 전설〉

을 이 나라에 서비스하는 것."

"물론 가능합니다! 시간만 주신다면!"

"그리고"

'그리고?'

"나의 즉위식을 게임 속에서 치르고 싶소. 당연히 국민들도 함께 접속해서."

응? 즉위식? 내가 지금 제대로 들은 건가?

"저기 그러니까 즉위식이라면… 왕자님께서 왕위에 오르는 거국적 행사 말인가요?"

"그럼 다른 즉위식도 있소?"

우리 둘은 한동안 서로를 바라보며 눈만 깜빡였다. 물론 게임 속에서 결혼식을 올린 경우는 있지만 국가 행사를 가상 세계에서 한다는 말은 난생처음 듣는다. 코토토 비서실장이 이 충격적 사실을 알면 그 냉정한 얼굴에 금이 갈 것이 분명했다.

"아 그리고…."

"뭐, 뭔가 또 있나요?"

"안타깝게도 거의 모든 국민들에겐 PC가 없소. 첨단 문물에 관심이 없는 농부들이 대부분이니까."

"아니 그러면 시작도 못 하는데요."

와하하하 끝장났다. 다 개판이야. 그럼 그렇지, 역시 생각 없는 왕자였어!

"하지만 다행히도 모든 국민에게 스마트폰을 보급했으니 그걸 이용하시오."

"저기 그 말씀은…."

"모바일로 서비스하라는 의미요."

"…."

"어렵소?"

이쯤에서 정리해보자. 눈앞에 닥친 시련은 다음과 같다.

1) 폰트도 없는 이 나라 언어로 대형 MMO 게임 내의 모든 텍스트를 번역할 것.

2) 즉위식 필드를 새로 만들고 최소 백성들도 접속할 수 있게 할 것.

3) PC 게임을 모바일 버전으로 컨버전할 것.

4) 이 모든 걸 한 달 안에 해낼 것.

'이게 뭐가 간단한 조건이냐아아!'

만약 상대가 왕족만 아니었다면 '그냥 계약하기 싫으면 싫다고 하세요'라고 대꾸했을 것이다.

백번 양보해서 넘치는 인력과 자원 그리고 환상의 팀워크를 가진 라이브 팀이라면 불가능한 일정은 아니다. 하지만 우리 회사는 그야말로 허물어져가는 폐가. 직원들에게 저걸 하라고 말하는 순간 전원 사표 확정이다. 나는 심각한 얼굴로 대답했다.

"하겠습니다."

"그럴 줄 알았소. 기대하지요."

치렁거리는 곱슬머리의 왕자님은 동방에서 온 아랫것 냉가슴도 모르고 화사하게 웃었다.

대표도 아닌 직원 주제에 독단으로 이 무모한 조건을 수락한 이유는 돈 때문만은 아니었다. 오히려 오래전에 시들어버린 줄 알았던 낭만이었다. 내 인생이 바뀌었을 만큼 좋아하는 게임을 새로운 나라의 국민들에게 반드시 보여주고 싶다, 내가 느꼈던 즐거움을 이들도 같이 느꼈으면 좋겠다, 그런 고집이었다.

"한 가지만 물어도 되겠습니까?"

나는 조심스레 말했다. 람파 왕자는 눈빛으로 허락했다.

"왜 하필 게임이지요?"

"그게 궁금한가?"

"네. 게임에 애착이 있는 것은 느꼈지만 즉위식까지 게임 내에서 치르겠다는 건 단순한 게이머의 고집만은 아닌 것 같아서요. 무례한 질문이었다면 죄송합니다."

계약만 따내면 감지덕지인 입장에서 쓸데없는 소리라는 거 알고 있다. 하지만 나도 비서실장처럼 왕자의 속마음이 궁금했다.

"형이 통치했던 4년 동안 이 왕국에선 많은 것들이 사라졌소."

그는 창밖을 바라보며 말을 이었다.

"전설, 제사, 음악, 놀이, 음식, 가옥… 우리의 전통들을 형은 비
효율적인 시간 낭비라며 모두 금지시키고 강대국과 손을 잡고 이
나라를 모두 공업 지역으로 바꾸려 했지. 대대로 즉위식에 쓰였
던 신전도 부수고 그곳에 공항을 지었소."

난 잠자코 태자의 말을 들었다.

"그렇게 하면 누군가는 부자가 되겠지. 그리고 대부분은 가난
해지겠지. 더 오래 일하고 더 많이 경쟁해서 승리한 사람이 지배
하고 패배한 사람은 지배받게 되겠지. 재산이 행복의 기준이 되
고 공정함과 낭만은 사치일 뿐인 세상이 되겠지. 하지만 나는 행
복은 서로 빼앗아 채우는 게 아니라고 생각하오."

먼 이국의 왕자가 꺼낸 이 말이 내겐 익숙하게 들렸다. 우리도
그렇게 살고 있으니까.

"내가 지도자가 되면 본래 국민들이 당연히 누렸던 행복을 되
찾아줄 것이오. 그러나 당장은 불가능하오. 그래도 당신 회사의
게임 속이라면 국민들이 잃어버린 세상을 조금 더 빨리 보여줄
수 있지. 내가 그 게임 속에서 용기를 냈던 것처럼 그들도 용기를
낼 거라 기대하오. 왜 하필 게임이냐고 물었지? 난 게임을 선택한

것이 아니라 당신 회사의 게임을 선택한 거요. 내가 만들어갈 왕국의 청사진을 국민들에게 먼저 보여줄 수 있으니까."

누군가는 이 발상을 정치를 모르는 철부지 왕족의 객기라고 치부할 수도 있을 것이다. 하지만 나는 좋은 게임에는 훌륭한 기능이 있다고 생각한다. 그것은 현실에서는 접하기 어려운 경험을 빠른 시간 안에 체험할 수 있다는 것, 그리고 때로는 그 경험이 현실에서도 해낼 수 있다는 용기를 준다는 것이다.

'아니 그런데 만약 한 달 안에 못 만들면 어떻게 되는 거지?'

찡한 감동과 함께 묵직한 긴장감도 밀려왔다. 이 상황이라면 람파 왕자의 즉위식이 곧 CBT가 된다. 그것도 대량의 유저들(전혀 게임을 모르는 이 나라 백성들)이 한 번에 접속하는 아찔한 상황. 원래 CBT에선 온갖 문제가 다 터지고 서버가 날아가는 사태도 왕왕 생긴다. 하지만 이번만큼은 절대 어떤 문제도 생기면 안 된다고 생각하니까 등골이 오싹했다. 어쩌다 우리 게임이 왕실 최대 행사의 무대가 되었는지 모르겠지만 즉위식을 망쳐서 성난 백성들에게 PK 당하고 싶진 않으니까 내 인생을 걸고 완수할 밖에 없다.

7

"멋대로 결정해서 죄송합니다, 대표님."

(이 나라는 현재 자동 로밍도 유심 교체도 안 되기 때문에) 코토토 비서실장이 준 위성 전화로 대표와 통화했다. 궁전 옥상에 올라가 위성이 떠 있을 밤하늘로 전화기를 들어 올린 채 빙글빙글 돌면서 통화하는 내 모습은 여신을 향해 애절한 종교 의식을 치르는 신도처럼 보일 듯했다.

"그러니까 네가 말한 걸 한 달 안에 해내야 한다는 거지?"

"네. 터무니없는 일정이라는 건 잘 알고 있지만…."

저 멀리 여신의 신탁을 기다리며 나는 무겁게 대답했다. 곧 신탁이 내려왔다.

"와 재밌겠다! 고마워!"

"어? 아 네… 재미있겠다니 다행입니다만."

노이즈 사이로 들리는 대표의 목소리가 너무 쾌활해서 당황했다. 이게 가능할까 머리 깨지게 고민한 내가 부끄러울 정도다. 뭐가 이렇게 신난 걸까. 람파 왕자를 상대하고 있어서 잠깐 잊었는데 이쪽도 마이 페이스 외곬 인생이지 참.

"설계가 떠올랐어. 클라이언트와 서버는 걱정하지 마. 나머지는 부탁할게. 그럼 이만."

천재는 좋겠다. 항상 계획이 있어서…가 아니라 '나머지는 부탁'한다고? 즉 그 말은 프로그래밍 영역을 제외한 모든 것을 나보고 알아서 하라는 의미잖아.

'뭐 하면 되겠지.'

대표님과 람파 왕자의 정신세계에 세례를 받은 내 마음 깊숙한 곳에서 알 수 없는 자신감이 부풀어 올랐다.

자질구레한 일들은 직원들에게 맡긴다 해도 이 짧은 시간에 업데이트를 끝내기 위해서는 뿔뿔이 흩어진 옛 용사들을 모아야 했다. 그들은 우리 회사의 황금기를 이끌었던 베테랑들이며 대표와 견주어도 손색이 없는 4차원들이었다. 대표 외엔 아무도 통제할 수 없던 그런 자들 말이다.

8

내 주소록에서 오래된 기록을 뒤적여 처음으로 전화를 건 사람은 최재학, 전설의 UI 디자이너였다. 훈장이었던 아버지 밑에서 수학하여 갓 성인이 된 나이에 대한민국미술대전 서예 부문 최우수상 수상이라는 파란을 일으킨 기린아. 그러나 선배의 인생도 (나처럼) 〈영원한 전설〉이 뒤바꿔놓았다. 〈영원한 전설〉 프로토타입을 우연히 접한 그는 곧바로 서예계를 은퇴하고 독학한 뒤

UI 디자이너로 돌아와 재미난소프트에 입사했다. 당시 외국 게임들의 UI를 베끼는 게 당연했던 우리나라 게임 업계에서 그가 디자인한 UI는 마치 개성적인 현대 미술 작품처럼 우아하고 도발적이며 간결하게 유저와 소통했다. 또한 그가 희로애락이라고 이름 붙인 네 종류의 한글 폰트들은 단순히 문장을 전달하는 도구에서 벗어나 그 자체로 게임 세계를 표현했다. 말하자면 그는 거칠기 짝이 없었던 프로토타입의 UX를 예술의 경지로 탈바꿈시킨 게임 장인이었다. 그리고 계속 과거형으로 설명하는 이유는 지금은 모든 걸 버리고 태백산맥 자락 어딘가에 은둔하고 있기 때문이다.

'이 시대에 핸드폰도 싫어서 국번 033이라니…'

나는 번호를 누르며 혀를 찼다. 소문에 의하면 그의 집엔 컴퓨터조차 없다고 한다. 극단적인 것도 정도가 있지.

꽤 긴 기다림 끝에 다행히도 신호가 잡혔다.

"여보세요. 최재학 님 댁이죠?"

"댁은 지랄. 이 목소린 탁민이냐?"

"오랜만입니다 선배님!"

"오랜만이고 뭐고 지금 새벽이라는 거 알고 전화한 거지? 넌 상식이 있냐?"

이 사람에게 상식을 지적받으니까 가슴이 아프다. 그는 대충 느낌이 왔는지 한숨을 내쉬며 말을 이었다.

"그래도 아는 동생이니까 야박하게 끊진 않으마. 들어는 줄게. 하지만 니가 뭔 말 할지는 알겠는데, 무슨 말을 해도 나 안 돌아간다. 나는 오래전에 끝났어."

깔끄러운 말투에 도도한 성격. 바뀐 게 하나도 없다.

"아 혹시 모르지. 그 사기꾼 죽었다면 생각해볼지도."

그가 말하는 사기꾼은 공동대표인 문화전도사다. 회식 자리에서 돈 안 되는 게임은 쓰레기만도 못하다고 지껄이던 문화전도사를 태견 발따귀로 옆 테이블까지 날려버리고 홀연히 태백산으로 들어간 쾌남아가 바로 최재학 선배였다.

"불행히도 그 인간은 잘 먹고 잘 살고 있습니다만 다른 일이 생겼습니다. 선배님만이 할 수 있는 일이."

"말해. 들어는 준댔잖아."

난 위성을 향해 빙글빙글 돌면서 그간 있었던 〈오디세이〉를 풀어놓았다. 10여 분간의 장절한 서사시를 들은 그가 처음으로 입을 열었다.

"너 요즘 약하냐?"

"아 진짜라니까!"

물론 미지의 왕국 둘째 왕자님께서 게임 속에서 즉위식을 하고 싶어서 전용기 타고 왔다는 소리는 내가 들었어도 신경정신과 내원을 진지하게 권유했을 법한 말이다.

"그러니까 네 말은 나보고 무만왕국의 모든 문자 폰트를 만들고 모바일 버전에 최적화된 UI를 만들라는 거지? 그것도 한 달 안에?"

"아뇨. QA 시간도 필요하니까 아무리 늦어도 20일 안에 나와야 합니다."

"우리 민이 얼마 못 본 사이에 많이 못돼졌다?"

전화기 너머로 선배의 마른 웃음이 들렸다. 그의 살인 발따귀를 맞고 싶은 생각은 없으므로 전화 통화인 게 다행이었다.

무만왕국은 고유한 언어와 문자를 가졌지만 불행히도 고유 폰트가 없었다. 오래전에는 만들 필요가 없었고 첫째 왕자 탐파가 집권했을 때는 촌스럽고 비효율적이라는 이유로 알파벳 스펠링만 쓰도록 명령했기 때문이다. 그 말은 20일 안에 무만어 문자 폰트 세트를 전부 만들어야 한다는 의미였다. 이것만으로도 빡빡한데 심지어 모바일 버전에 맞춰서 기존 UI 리소스와 페이지를 모조리 수정해야 한다. 이게 혼자 힘으로 가능한지는 나도 잘 모르겠다. 이런 일은 지금껏 아무도 해본 적이 없으니까.

최재학 선배가 말했다.

"회사 아직도 거기 있냐?"

"아 예."

"나 내일부터 출근한다. 자료 보내."

라는 말과 함께 전화가 끊어졌다.

'얼레?'

난 멍한 얼굴로 밤하늘을 바라봤다. 무엇이 속세와 연을 끊은 선배를 하산하게 만든 걸까. 아직 세상 누구도 손댄 적 없는 문자 폰트를 처음으로 조각한다는 희열 때문일까, 자신의 인생을 바꿨던 전설에 대한 애착 때문일까, 경멸하는 사기꾼을 엿 먹일 기회라는 복수심 때문일까 아니면 그냥 마침 생활비가 다 떨어졌기 때문인지도. 천재가 아닌 나는 그의 마음을 도무지 알 수 없었으나 내 마음은 알 수 있었다.

'감사합니다, 선배.'

난 하늘을 보며 인사했다.

9

이제 다음 단계는 번역이다. 이 일만큼은 아무리 최상급의 게임 번역가가 와도 할 수 없다. 왜냐하면 그들 누구도 무만어를 모르니까. 이 일을 할 수 있는 적임자는 처음부터 정해져 있었다.

"지금 나보고… 게임 텍스트를 번역하라는 거요?"

"그렇습니다, 왕세자 저하."

람파 왕자는 가벼운 현기증에 시달리는 표정이었다. 왕족인 그에게 평민이 뭘 하라고 지시한 적은 태어나 한 번도 없었을 테니까. 그런데 그게 아니었다.

"정말 괜찮겠소? 나 같은 아마추어가 참여해도?"

왕자의 눈이 반짝거렸다. 그러니까 뭐랄까 아버지로부터 놀이 공원 가자는 말을 들은 아이의 눈빛 같았다.

"물론 괜찮습니다. 무만어와 영어 모두 능숙한 왕자님이야말로 이 일에 가장 적합한 인재이니까요."

다행히도 〈영원한 전설〉 글로벌 원빌드에는 영문 텍스트가 포함되어 있다. 그걸 하나하나 읽고 무만어로 번역해서 지정된 필드에 입력하면 되는 것이다. 당연히 팔만대장경 수준의 게임 텍스트 전문을 번역하는 건 불가능하지만 지금은 즉위식 CBT 분량만 소화하면 된다는 게 다행이라면 다행이었다. 물론 시스템 텍스트를 포함한 CBT 분량만 해도 혼자 번역하기엔 살인적이지만.

그 사실을 아는지 모르는지 람파 왕자는 신난 것 같았다.

"나도 도움이 될 수 있다니 기쁘오."

'왕자는 의외로 한가한가?'

그럴 리가 없겠지만 잠깐 불경한 상상을 했다.

"아 그리고 나도 이 일의 적임자가 떠올랐소."

그가 환하게 웃으며 말했다.

'아니 설마….'

부름을 받고 나타난 코토토 비서실장의 얼굴은 예상대로 냉랭했다. 뭐랄까 잠깐 안 본 사이에 집안을 난장판으로 만든 꼬맹이들을 바라보는 누님의 표정이랄까.

"…지금 왕자님에겐 게임 번역보다 훨씬 중요한 일들이 많은 걸로 알고 있습니다만."

"그래서 당신을 부른 거요. 같이 해서 빨리 끝내자고."

"제게도 게임 번역보다 중요한 일이 있습니다."

"즉위식을 빈틈없이 준비하는 것이야말로 비서실장이 가장 신경 써야 할 일이 아니겠소?"

그녀가 눈썹을 꿈틀했다. 따지고 보면 맞는 말이다. 그게 게임 속이라서 문제지.

"아무튼 사양하겠습니다."

"하지만 어명인데…."

"부당한 명령은 단호히 거부하라고 저하께서 말씀하셨습니다. 그리고 솔직히 말해서 아직 왕이 되신 것도 아니지 않습니까?"

둘의 말싸움을 쳐다보면 안 될 것 같아 고개를 돌리고 있었다. 이후에도 둘은 서로를 콕콕 찌르는 대화를 이어나갔으나 무만어로 말하는 바람에 알아들을 수 없었다. 마지막 분위기를 보면 이

1차원적인 논쟁의 승리자는 비서실장인 것 같았다.

신하에게 멸시당한 왕자님은 비서실장이 떠난 집무실에서 조그맣게 중얼거렸다.

"왕이 되면 개각해야지."

의외로 뒤끝 있는 남자였다.

10

다음으로 모집할 '용사'는 그래픽 리소스 관리자, 바로 즉위식 스테이지를 제작하고 연출해줄 무대감독이다. 그래픽 파트는 아트 디렉터, 일러스트레이터, 모델러, 애니메이터, 이펙터, 매퍼, 그래픽 엔지니어, 테크니컬 서포터 등등 게임 성격에 따라 수많은 전문 분야가 존재한다. 하지만 이번 일만큼은 이걸 혼자 다 해내는 올인원 슈퍼 개발자가 필요하고 내가 아는 사람들 중에 이 모든 분야에서 S랭크를 찍은 그랜드 마스터는 한 명뿐이다.

우리나라는 물론 해외 게임 업계에서도 스카우트 0순위에 빛나는 천상계 디자이너 황보령. 별명은 레드 퀸, 게임 말고 〈이상한 나라의 앨리스〉에 나오는 그 무시무시한 붉은 여왕 말이다.

'사실 연락하기 엄청 껄끄러운 누님인데….'

연락하기 꺼려지는 이유는 최재학 선배와는 다른 쪽으로 엄청난 황보 선배의 성격 때문만은 아니다. 그녀는 현재 문화전도사의 오른팔이자 그 기업에서 가장 힘이 센 R&D센터를 총괄하는 핵심 이사였다. 말하자면 그녀는 우리의 적, 그것도 대마왕의 심복쯤 되는 것이다.

그녀는 내 전화를 받자마자 코웃음을 쳤다.

"오. 나 같은 배신자한테 전화를 다 주고 황송하네."

"빈정거리지 마세요. 선배가 왜 떠났는지 알고 있어요."

황보령 선배가 공동대표와 함께 회사를 떠난 이유를 아는 사람은 거의 없었다. 그녀가 말하지 말라고 했으니까. 그녀는 더 이상 우리 회사를 건드리지 않는 조건으로 공동대표 밑에서 일하기로 약속했다. 선배가 아니었다면 아마 우리 회사는 오래전에 사라졌을 것이다. 뭐랄까 비유가 이상하지만 참 협객 같은 사람이다.

하지만 그녀는 내 부탁에 대해서는 단숨에 거절했다.

"불가능해."

"역시 선배님 입장에서는 하기 어려운 일이로군요. 죄송합니다."

"뭘 멋대로 실망해? 그게 아냐 바보."

"네?"

"아무리 나라도 두 주 안에 그 무대를 혼자 다 만드는 건 물리적으로 불가능하다는 의미야."

"그렇다면 대충 해주셔도 됩니다. 완성도 떨어져도 돼요!"

"닥쳐. 이 세상 어느 누구도 나한테 대충 하라고 말하지 못해. 게다가 즉위식이라며? 그런 신나는 무대를 허접하게 만들 수야 없지. 뭐 아예 방법이 없는 건 아냐."

"방법이 있나요?"

"무덤을 열어야지."

"앗!"

순간 빛이 번뜩였다. 슬픈 이야기지만 게임 프로젝트들 중에서 출시까지 가는 프로젝트는 20퍼센트도 안 된다. 그중에는 몇 년 넘게 만들다가 엎어져서 무산되는 경우도 있다. 그리고 그렇게 만들었던 죽은 프로젝트의 리소스들 중 일부는 다른 프로젝트에 재활용되거나 헐값에 팔리지만 대부분은 소위 '무덤'이라고 불리는 서버 깊숙한 곳에 보내져 영원히 매장된다. 회사 자산이라서 보관은 하지만 더 이상 쓸 데도 없고 그걸 만들던 사람들도 모두 사라져 아무도 기억하지 못하는 유물 같은 것들이다. 그중에서도 황보 선배 회사처럼 거대한 기업의 무덤은 그 규모와 복잡함이 파리 카타콤 수준이다.

아니 잠깐 그런데 그거 남의 무덤이잖아? 우리 같은 회사는 무덤도 없으니까.

"저기 그러니까 그 말씀은 선배님 회사의 무덤을 파겠다는 건가요?"

"뭐 어때. 어차피 쓰지도 않는 건데. 그리고 그 무덤의 묘지기가 나거든. 아무도 모르게 도굴할 수 있어."

"어쨌든 그거 범죄인데요. 만약 걸리면 소송당할지도…."

"안 걸리면 돼. 이 회사 멍청이들은 무덤에 들어가는 방법조차 모르니까. 내가 살짝 손만 봐도 아무도 눈치 못 채. 적의 재산을 훔쳐서 엿 먹이는 것만큼 통쾌한 일도 없지."

아니 아무리 그래도 자기가 이사로 있는 회사를 대놓고 적이라고 하다니. 문득 황보 선배가 가장 감명 깊게 읽은 책이 『군주론』이라는 사실이 떠올라 살짝 오싹해졌다.

"드디어 이 인류의 독버섯 같은 회사를 때려치울 때가 왔구나. 미리 이 회사 주식 다 팔아야지. 하하하!"

다시 한번 말하지만 어째서 내 주변엔 호연지기가 용솟음치는 사람들만 있는 걸까.

11

첫째 왕자 탐파가 즉위식에 쓰였던 신전을 부숴버렸기 때문에 나는 코토토 비서실장에게 즉위식에 관련된 모든 자료를 부탁했다. 그녀는 정확히 여덟 시간 후에 회의실로 오라고 무뚝뚝하게 말했다. 회의실에 도착했을 때 나는 두 눈을 의심했다. 완벽한 프레젠테이션 준비는 물론 산더미 같은 책과 사진 자료들이 쌓여 있던 것이다.

"게임 만드는 거 별로 안 좋아하시는 줄 알았는데요."

검은 정장에 레이저 포인터를 들고 있는 그녀는 단호했다.

"물론 그렇습니다. 하지만 신성한 즉위식을 어설프게 만들어서 역사에 오점을 남기고 싶진 않으니까요."

"아니 아무리 그래도 전 무만왕국 즉위식 논문을 쓰려는 게 아닌데요."

"이게 싫으면 제작을 포기하시면 됩니다."

'헉!'

나는 그녀의 나라 사랑에 감동하면서도 이 방대한 자료를 내 머릿속에 쑤셔 넣으려는 그녀의 의지에 기가 눌렸다.

"빨리 앉으세요. 말싸움할 시간도 없습니다."

그녀의 포인터가 모니터 앞 의자를 가리켰다. 그 이후 나는 장장 열두 시간에 걸쳐 신화와 역사, 즉위식 절차에 대해 속성으로 마스터해야 했다. 모르긴 해도 외국인 중에서는 내가 가장 이 왕국 역사에 정통하지 않을까. 사흘 전만 해도 존재하는지도 몰랐던 나라라는 것이 믿겨지질 않았다. 객실로 돌아온 나는 흐느적거리는 몸을 침대로 던졌다.

'난 대체 여기서 뭘 하고 있는 걸까.'

어떻게 봐도 최악의 계약이다. 촉박한 시간, 부족한 인력, 낯선 문화, 무리한 요구를 하는 클라이언트, 한 치도 양보하지 않는 실무자라니. 이보다 더 나쁠 수는 없었다. 즉위식 같은 건 그냥 운동장 같은 데서 코끼리 타고 하라고 하고 당장 짐 싸서 집으로 돌아가고 싶었다.

그때 객실 전화기가 울렸다.

'누구지? 설마 야간 보충 수업을 하겠다는 비서실장은 아니겠지?'

난 두근거리는 마음으로 수화기를 들었다.

"여보세요?"

"…."

"누구시죠?"

"미스터 탁."

처음 듣는 목소리다. 탁하고 둔중한.

"철부지 왕자의 어리광 때문에 고생한다고 들었소."

"누구십니까."

"내가 누군지는 중요하지 않소. 내가 당신을 도울 수 있다는 사실이 중요하지."

내가 말이 없자 그는 나지막이 웃었다. 하찮은 것을 비웃는 태도였다.

"즉위식은 반드시 실패로 끝날 거요. 당신은 헛수고를 하고 있어."

"무슨 말을 하려는 겁니까."

"그리고 당신이 이곳에 온 이유는 회사를 살리기 위한 돈 때문이라는 걸 알고 있소. 이 나라를 떠나준다면 람파 왕자가 약속한 투자액의 두 배를 드리지."

"당신이 폐위된 탐파 왕자로군요."

잠깐의 침묵 뒤에 으르렁거리는 목소리가 들렸다.

"당신 나라에선 어떤지 모르겠지만 이 나라에서 천민이 왕족의 이름을 입에 올리면 혀를 자른다는 걸 알아두길 바라오. 람파는 당신 같은 광대를 불러들여 천한 것들의 환심이나 사려고 하지만 이 왕국에 필요한 건 헌신과 순종이지 그딴 하잘것없는 놀음이 아니야."

"아 이제 알겠습니다."

"내 뜻을 알았다니 갸륵하군."

"당신이 왜 쫓겨났는지 확실히 알았습니다."

이제야 불쾌한 웃음소리가 끊어졌다.

"혈통은 우연으로 얻지만 존경은 노력으로 얻는다고 하죠. 태어나 단 한 번도 남을 위해 희생한 적 없고 자기 좋을 대로 명령만 내리던 당신이 헌신과 순종을 말합니까? 사람들이 왜 게임에 열중하는지 알아요? 현실에는 없는 공평한 기회 때문입니다. 순전히 운 좋아서 얻은 치트키로 온갖 반칙을 다 저지르면서 남들에겐 더 노력하라고 소리치는 당신은 평생 이해 못 할 테지만."

"이 광대 새끼가 감히…."

"난 돈 때문에 이곳에 온 게 아닙니다. 게임을 만들려고 온 거죠. 이 차이를 모르는 사람과는 사업 안 합니다."

나는 전화를 끊었다. 끊기 전 탐파가 뭐라고 소리쳤지만 무만어라서 의미는 알 수 없었다.

아니 물론 돈 벌려고 온 거 맞는다. 저 존귀한 인간보다 돈이 백배는 절실하다. 하지만 왕자에게 일을 시키고 비서실장에게 속성 과외까지 받은 마당에 저런 말 들으니까 울컥 오기가 생기고 말았다. 무엇보다 이자에게서 문화전도사의 모습이 겹쳐 보여 구역질이 났다. 자신은 돈과 권력을 위해 상대의 모든 것을 빼앗으면서 상대에겐 헌신을 강요하는 자는 언제나 유혹으로 시작해 배신으로 끝난다. 그런 자들에게 약속이란 해가 뜨면 사라지는 이슬에 지나지 않는다. 그걸 두 번은 당하지 않을 것이다.

12

생각보다 일이 커졌다. 한 달 안에 '즉위식' 준비를 마쳐야 하고 쫓겨난 첫째 왕자한테 협박까지 받은 이 마당에 더 커질 일이 뭐가 있겠냐만, 역사가 항상 예상대로 흘러갔다면 전쟁 따윈 일어나지 않았겠지. 이 난리의 발단은 한 직원의 스트리밍 방송이었다. 이제니 대표, 최재학 선배, 황보령 선배라는 걸출한 시니어들이 있지만 자잘한 일들은 효율을 위해 몇 명 안 남은 우리 회사 직원들에게 배정되었다. 그리고 바로 다음 날 세계 최대 동영상 공유 사이트에 우리 개발 과정이 낱낱이 공개되었다.

'그래. 이건 내 잘못이다.'

난 분명히 이 로컬라이징은 공개 전까지 대외비라고 일러두었으나 원래 게임 BJ를 하던 직원의 들끓는 예능감을 얕봤던 것이다. 도무지 늘지 않는 구독자 수에 초조해하던 직원은 이 달콤한 소스를 놓치기 싫어 방송에서 공개해버렸다. 그 즉시 무만왕국이라는 낯선 나라에서 10년 넘은 한국 게임으로 즉위식을 한다는 네티즌들이 딱 좋아할 만한 뉴스가 인터넷에 퍼져나갔다. 심지어 구독자 1억 명에 육박하는 전설적인 게임 BJ가 이 뉴스를 언급하며 사태는 걷잡을 수 없이 퍼져나갔다. 삽시간에 각종 포털 실시간 검색어 창을 장악했고 회사에는 언론사들의 연락이 빗발쳤다.

허물어져가던 '민속촌' 〈영원한 전설〉에도 접속자들이 폭주하고 신비의 무만왕국과 우리 게임을 소개하는 영상들이 줄을 이었다. 그리고 나는 람파 왕자에게 불려갔다.

"정말 죄송합니다. 상황이 이렇게 돼서."

식은땀이 흘렀다. 일반적인 게임 로컬라이징이면 BJ를 적극적으로 활용해서 홍보하는 것이 당연하다. 하지만 이번 일은 신성한 즉위식. 게다가 만에 하나 실패할 수도 있는 국가 행사를 네티즌들이 지켜보며 이러쿵저러쿵 입방아에 올리는 지금 상황은 왕족에겐 몹시 불편할 것이다.

"괜찮소. 축제는 손님이 많을수록 흥이 나는 법이니."

"정말 괜찮으신가요?"

"사실 좀 부담스럽긴 하지만…."

람파 왕자는 손가락으로 뺨을 긁적이며 쓴웃음을 지었다. 뭐랄까 데뷔 무대를 앞두고 긴장한 신인 아이돌 같은 표정이었다. 옆에 서 있던 코토토 비서실장도 의외로 담담했다.

"온라인을 활용한다는 시점에서 기밀이 지켜질 거라고는 기대 안 했습니다. 받아들여야지요."

"이해해주셔서 감사합니다."

"그러니까 절대 실패해선 안 됩니다. 세상의 웃음거리가 될 수는 없습니다. 부탁할게요."

"무, 물론입니다."

그녀의 진지한 눈빛에 나도 모르게 고개를 숙였다. 그때 람파 왕자가 뭔가 떠오른 듯 말했다.

"기왕 이렇게 된 거 즉위식을 생방송 하는 건 어떻겠소?"

"스트리밍 중계 말씀입니까?"

"아니 그럴 게 아니라 아예 공식 채널을 개설해서 모든 과정을 공개하겠소."

"⋯화끈하시옵니다."

역시 만날 때마다 부담감과 일거리가 추가된다. 어쩌면 이 왕 자님은 내 예상보다 훨씬 튀고 싶어 하는 무대 체질이 아닐까. 하지만 생각해보면 앞으로 온갖 헛소문들이 판을 칠 게 뻔한 마당에 공식 채널을 만드는 게 차라리 낫고 상당한 광고 수익도 기대할 수 있다는 흑심도 생겨서 어명을 받아들였다. 다만 내 경험상 베타 서비스 중에는 높은 확률로 황당한 문제가 터져 난장판이 되곤 했는데 이번만큼은 제발 어떤 돌발 상황도 안 생기길 기도할 뿐이다.

13

즉위식 과정은 건국 신화의 일부분을 재현하는 것이었다. 농

담이 아니라 이 신화가 상당히 재밌다. 굳이 비유하자면 코즈믹 호러가 가미된 구약 전서를 구무협풍으로 풀어가는 박력 있는 내용이었는데 코토토 씨의 강의를 들으며 나도 모르게 손에 땀을 쥐었을 정도로 스릴 넘쳤다. 이 나라 국민들이 신화에 열광해서 있지도 않은 뒷이야기 팬픽까지 썼다는 사실도 이해가 됐다. 아무튼 말로 해결하는 내용이 거의 없고 영웅들의 능력과 무기 설정이 집요할 만큼 자세하며 죄다 숨이 끊어지기 직전까지 싸울 만큼 터프해서 하필 이곳에 온 외계의 신들도 꽤 짜증 났을 것 같다. 그리고 즉위식 내용은 성검을 뽑아 외계인 두목을 물리치고 왕국을 세우는 부분이다. 별다른 은유나 상징 없이 악착같이 싸워서 다 때려잡고 쿠키 따위 나올 여지 없이 시원하게 끝난다는 점이 다른 신화에서는 좀처럼 볼 수 없는 묘미라 할 수 있다.

'어째 이 나라 사람들은 장차 엄청난 게임광이 될 것 같아. 우리나라와 붙어도 될지도….'

나는 레벨 디자인을 하며 그렇게 생각했다. 어쨌든 이 나라 신화가 코난 사가와 유사한 부분이 많다는 건 내겐 축복이다. 이 나라 영웅의 미덕은 파밍과 레벨업이라서 작업이 아주 수월해졌으니까.

14

〈영원한 전설〉 신규 업데이트 CBT '즉위식' 일정은 다음과 같다.

1) 실제 즉위식과 동일한 날짜와 시간에 1회 진행한다.

2) CBT 참여자는 람과 왕세자를 비롯 무작위로 추첨한 200명의 무만 국적자로 한정한다.

3) 모든 참여자는 신규 계정의 레벨 1 캐릭터로 접속한다.

4) 만일의 사태를 대비해 CBT 기간 동안 PK 옵션을 해제한다.

5) 모든 CBT 과정은 동영상 공유 사이트를 통해 생중계한다.

'이제 즉위식까지 10분.'

나는 3일 정도 잠들지 못해 퀭한 눈으로 시계를 봤다. 당장이라도 쓰러질 것 같은 몸과는 정반대로 정신은 점점 더 또렷해지는 것은 긴장감 때문이었다. 이 짧은 기간에 모든 일정을 완료한 건 장하지만 실전에서 망치면 다 소용없는 일이다. 회사의 사활을 건 CBT라는 것만으로도 숨이 막힐 것 같은데 왕세자의 즉위식인 데다가 2만 명이 넘는 사람들이 즉위식을 지켜보려 각종 채널에 들어오자 내 온몸을 아드레날린이 불태우는 것만 같았다.

시간은 정말 아슬아슬했다. 한 시간 전에 검증을 마친 모바일 빌드가 업로드되었고 APK를 배포했으니 시한폭탄으로 따지면 폭발 1초 전에 멈춘 것과 다를 바 없었다. 배포 확인 즉시 이제니 대표와 최재학 선배, 황보령 선배는 기절해서 '자리비움' 상태로 바뀠고 이제 버티는 직원은 나 혼자다. 난 심호흡을 한 뒤 CBT 서버를 열었다. 그러자 내 20대를 바쳤던 회사의 CI와 〈영원한 전설〉의 로고가 무만왕국풍으로 편곡된 시그널 송과 함께 모바일 화면에 출력되었다. 창밖을 넘어 왕궁으로 몰려온 사람들이 연주하는 국가가 들렸다. 군중들의 환호와 함께 서버로 접속자들이 쏟아져 들어왔다. 즉위식은 현실과 게임에서 동시에 시작되고 있었다. 기묘한 기분이었다.

'자 이제 시작하자.'

선두에 선 람파 왕자의 아바타가 백성들을 이끌고 신전 안으로 들어가고 있었다. 그들을 에워싼 악신들이 섬뜩한 목소리로 유혹하고 협박하였으나 그들은 걸음을 멈추지 않았다. 그들이 찬가를 합창하며 전진할 때마다 악신의 형체들은 하나씩 사라졌고 군중의 발걸음을 뒤따라 어두운 신전에 빛이 퍼졌다. 최재학 선배가 만든 아름다운 무만어 문장이 벽화처럼 길게 이어지며 그들을 인도했다.

신전 끝의 왕좌에 앉아 있는 최종 보스, 즉 악신들의 우두머리는 황보령 선배가 무덤에서 끌어내 부활시킨 악마였다. 거대한 박쥐를 닮은 날개와 벌린 아가리에서 끝없이 쏟아져 나오는 촉수들, 왕자를 가리키는 길고 검은 손톱 모두 황보 선배의 취향이었다. 물론 그녀가 아니었다면 이 시간에 나올 수 없을 수준이었다.

그 악신이 검붉은 타액을 토해내며 말했다.

"너희가 선택할 수 있는 건 굴종뿐이니. 아무리 발버둥 친다고 달라질 것 같으냐? 여기서 죽어라, 내가 바로 너의 절망이니."

'아니 왜 시키지도 않은 스크립트를 넣어!'

나도 모르게 비명을 질렀다. 이 역시 황보 선배의 취향이 듬뿍 들어간 대사였다. 하지만 이게 또 그럴싸했는지 시청자들 반응은 좋았다. 람파 왕자는 성검을 뽑아 그에게 다가갔다. 그리고 멋지게 날아올라 외계인을 두 동강 냈다. 흉물스러운 몸 조각들이 요동치다 빛에 타들어 재로 변하는 멋들어진 이펙트가 터졌다. 물론 일반 서버에서 레이드 보스한테 이렇게 생각 없이 돌진했다간 바로 전멸하고 채팅 창이 쌍욕으로 도배되겠지만 이번만큼은 왕자님 독무대니까 그냥 넘어가도록 하자. 다른 건 몰라도 지구 탄생 이래 모든 즉위식 중에서 가장 스펙터클했다는 건 확실한 것 같다.

'어쨌든 무사히 끝났다!'

그래 이걸로 끝났어야 하는데… 뭔가 이상했다. 갑자기 로그창에 새로운 접속자가 확인된 것이다. 게다가 그는 일반 계정이 아니었다.

"뭐, 뭐지?"

즉위식에 난입한 그는 일반인은 절대 얻을 수 없는 검은 갑옷을 입고 있었다. 그가 팔을 뻗으며 손짓을 하자 람파 왕자의 아바타가 폭발하며 재로 변했다. 이 역시 일반 유저는 쓸 수 없는 즉사 스킬이었다.

'어째서 GM 캐릭터가!'

저 악명 높은 검은 기사의 정체는 바로 GM 전용 캐릭터다. 게임 내에서 큰 문제가 생겼을 때 등장해서 해결하는 캐릭터로 지형을 무시하고 이동하며 게임 내 누구도 즉사시킬 수 있는 권한을 가진 전지전능한 존재. 접속 지역이 제한된 CBT에서도 GM 계정은 들어올 수 있다. 그런데 왜 GM이 나타나 왕자를 살해한 걸까. 아니 지금 저 캐릭터를 움직이는 자는 누구일까.

'설마!'

난 검은 기사가 왕자의 주검을 루팅해 성검을 빼앗는 장면을 보았다. 그가 검을 들어 올리며 군중들에게 말했다.

"이제 누가 이 왕국의 주인인지 알겠냐! 이 미천한 놈들!"

"탐파!"

역시 GM 계정으로 난입한 자는 바로 탐파였다. 난 입술을 깨물었다. 분명 직원 중 하나가 매수되어 탐파에게 계정을 넘겼을 것이다. 그리고 그걸 탐파가 직접 했을 리는 없을 것이다. 그렇다면 탐파와 뒷거래를 한 자는 문화전도사가 분명했다. 전 세계로 이 일이 퍼진 마당에 그가 모를 리가 없었고 가만히 있을 리도 없었다.

"무릎을 꿇어라. 나는 곧 나의 왕국을 되찾을 것이다. 내게 복종하지 않은 놈들은 모두 처형될 거야!"

즉위식은 아수라장이 되었고 전 세계에 생중계되는 채널의 댓글 창은 난리가 났다. 하지만 이대로 서버를 내린다면 즉위식은 왕자의 죽음으로 끝나게 된다. 이젠 다른 방법이 없다.

'이 방법밖엔….'

난 핵폭탄 버튼을 눌렀다. 그러자 게임 화면에 시스템 메시지가 출력되었다.

이 시간부로 무만왕국 지역 CBT를 종료합니다. 참여해주신 분들에게 감사드립니다.

그리고 곧바로 정식 서비스를 시작하겠습니다.

지금부터 글로벌 서버에 등록된 모든 유저가 무만 서버에 접속할 수 있으며 PK 제한도 해제됩니다.

이 메시지가 올라오자 곧바로 신전에 거대한 포털이 열렸다. 그러자 마치 지진의 전조 같은 어마어마한 트래픽 랙이 게임을 뒤흔들었고 곧이어 포털에서 번쩍이는 만렙 캐릭터들이 쏟아져 나오기 시작했다.

"저놈이다! GM을 죽여라!"

"왕자의 복수를 하자! 탱커 앞으로!"

"와아아! 신규 콘텐츠다아아!"

이 피에 굶주린 무리들은 한국 서버 플레이어들이었다. 민속촌 게임에서 더 이상 할 게 없어 끝없이 서버를 떠돌던 망령 같은 존재들. 검은 기사 탑파는 괴성을 내지르며 밀려드는 대군에 당황하며 즉사 스킬을 난사했다. 하지만 이미 수차례나 GM을 죽여본 적 있는 이 '고인물'들에겐 소용없었다. 온갖 꼼수로 스킬 시전을 훼방 놓고 값비싼 즉시 부활 물약을 미친 듯이 들이켜며 좀비처럼 달려들어 탐파를 난도질했다. 이에 호응한 무만 국민들도 비명을 지르는 탐파에게 뛰어들어 발길질을 날렸다. 탐파는 무한에 가까운 자신의 HP가 바닥날 때까지 몸부림치며 지져지고 얼려지고 쑤셔지고 갈라졌다.

이건 내가 계획했다. 탐파와 문화전도사가 이 일을 놔둘 리가 없다고 생각했으니까 혹시 모를 사태를 대비해 준비한 판도라의 상자 같은 것이다. 물론 그렇다고 아무 설정도 없이 만든 건 아니다. 신화에 의하면 이 땅에 다시 한번 재앙이 왔을 때 멀고 먼 땅에서부터 전사들이 몰려와 도와줄 것이라고 쓰여 있으니까. 신화는 즉위식에서 끝인데 그게 어디 쓰여 있냐고 묻는다면 그러니까… 팬픽이다.

탐파가 죽자 트래픽이 초과된 서버가 다운되었고 먼 이국에서 온 전사들도 강제로 고향으로 날아갔다. 그리고 이것으로 즉위식은 끝났다.

15

하드코어 OBT가 끝난 후에도 나는 고국으로 돌아가지 못한 채 무만왕국에 남게 되었다. 그러니까 람파 왕자 아니 국왕의 지

분 투자로 설립된 재미난소프트 동아시아 법인의 대표이자 무만
왕국 문화관광부의 비상임 고문, 대한민국 외교부 지정 친선 민
간특사 자격으로 말이다.

이렇게 들으면 가슴에 훈장들이 주렁주렁 달릴 것 같은 느낌이
지만 현실은 전과 다를 바 없다. 왕궁 부근에 작은 오두막집을 빌
려 자전거로 출퇴근하며 근무하고 퇴근 후에는 열심히 무만어를
배우는 중이다. 참고로 나의 훈장님은 코토토 비서실장이다. 그녀
도 한국에 외교 사절로 초청받아 내게 한글을 배우는 중이다.

그 외에 생쥐 캐릭터로 유명한 모 기업에서 우리 회사를 인수
하겠다고 발표했다거나 황보 선배가 문화전도사의 횡령 혐의를
폭로해 그 회사 주가가 수직 폭락했다거나(물론 선배는 이미 자
기 주식을 다 팔아버렸다) 사라진 탐파 폐왕자의 행방이 묘연하
다거나 오만 가지 사건들이 생겼지만 나와는 관계없는 일이다.

내가 관심 있는 건 우리의 게임을 통해 사람들이 조금이라도
즐거워지도록 최선을 다하는 것이다. 그리고 내가 감사하는 건
아직도 게임을 만드는 것이 너무나 재미있다는 것, 그것뿐이다.

작가의 말

기획의 말

작가의 말

김보영 _저예산 프로젝트

내가 처음 출근한 게임 회사 사무실은 지하층이었다. 비가 오면 물이 새서 팀원들이 컴퓨터 위에 몸으로 엎드려 기기를 보호해야 했다. 사장이 게임에 드는 예산 총액을 정했기 때문에 팀원이 새로 와도 추가 월급을 줄 수가 없어 기존 팀원들이 자기 월급에서 십시일반을 해서 주었다. 그게 12만 원인가 했다. 그것도 출시일을 넘기면 월급이 안 나온다는 조건이 있어 개발이 밀린 3개월간은 무보수였다. 추가로 손해배상 조항도 있었다. 팀원 반 이상이 입사 당시 미성년자여서 제대로 된 계약서도 없었다. 팀원들이 그곳을 박차고 뛰쳐나와 회사를 차렸다. 그 역시 볼 만했다. 방을 구할 돈이 없었던 세 명이 회사에서 숙식을 했는데, 침대가 하나뿐이었기 때문에 3교대로 잤다.

그해에는 게임의 용량과 개발 기간을 줄이면서도 어떻게든 돈 받고 팔 만한 물건을 만들기 위한 온갖 꼼수가 작렬했다. 하지만 그런저런 체험들을 떠올리며 글을 쓰다 보니, 오히려 마음에 차

오르는 것은 게임 시나리오라는 이 매력적인 장르에 대한 안타까우리만치 사랑스러운 감정이다.

인터넷이 보편화되고 배틀넷에서 온라인, 모바일 게임으로 유행이 이동하면서, 게임계가 벌어들이는 자본은 그때와는 비교할 수도 없이 커졌건만, 나는 아직도 내가 원하는 대로 시나리오를 쓸 수 있는 환경을 만난 적이 없는 듯하다.

지금도 나는 가끔 고전 게임과 인디 게임, 공개 게임 툴을 기웃거리며 혼자서도 만들 수 있는 게임의 형태를 구상해보지만, 지금은 내 열망이 훨씬 더 소설에 꽂혀 있기도 한 터라, 내게 그럴 여유와 기회가 오려면 아직 시간이 필요하려니 한다.

행여나 싶어 덧붙이자면, 남의 게임에 자기 게임 퀘스트를 붙이기는 어려울 거다. 소설적 장치다.

전삼혜 _당신이 나의 히어로

문창과 졸업생이자(올해로 졸업한 지 10년이 되었습니다) SF 작가, 그리고 게임 시나리오 작가인 전삼혜입니다. 많은 분이 알고 계셨겠지만, 어쩌면 제가 작가라는 것도 모르고 있다가 이 책으로 처음 만난 분들도 있겠지요. 게임 업계에서 저보다 훨씬 오래 일한 분들과 같은 책에서 만날 수 있어서 좋다고 생각합니다.

게임 회사 일을 하다 보면 종종 듣는 말이 있습니다. 작가인데 왜 회사에 취직을 하느냐, 금방 그만둘 것 같다. 익숙합니다. 하지만 저는 게임 시나리오 작가 이전부터 계속 겸업으로 살았습니다. 소설로 생계를 꾸릴 수 있는 사람이 얼마나 될까요. 적어도 저는 아니니까요. 그래서 회사에서 일하고, 밤에는 개인 작업을 합니다. 긴 시간 이렇게 일하다 보니 낮에는 회사 뇌가, 밤에는 작업 뇌가 작동합니다. 물론 퇴사 경험이 있긴 합니다. 하지만 그게 '이제부턴 글만이 나의 삶이다'라는 이유였던 적은 없었습니다. 대부분은 사람에 치여 퇴사했지요. 계약 만료로 퇴사하기도 했고요. 4대 보험 없는 계약직 삶을 오래 살았네요. 게임 회사란 4대 보험이라는 것만으로도 충분히 빠져들 만한 이유가 있었습니다.

글쎄요. 작가와 개인 시나리오 작가가 아주 딴 일인 양 말하는 분들을 보면 궁금합니다. 왜 똑같이 세계를 만들고 사람을 접하는 일인데 다르다고 생각할까요. 심지어 게임 시나리오 작가 구인 글에는 소설 완성 경험을 우대하는 경우가 많은데요. 작가는 독자적인 작업을 선호한다고 생각하시지만, 작가들은 작업하며 편집부와 소통합니다. 작가가 그렇게 독선적인 존재가 아니라는 것을 면접 때마다 호소하는 처지입니다. 참 이상하죠.

「당신이 나의 히어로」도 절반은 경험, 절반은 허구로 이루어져 있습니다. 마이너 캐릭터를 사랑하는 마음은 제가 존경하는 모 작가에게서 빌려왔습니다. 게임 제작의 과정과 환장은 저와 같이 애써주신 기획자 B님, K님, P님 등에게 많은 빚을 졌습니다. '될 까요?'와 '되게 해야죠'는 그때 붙은 말버릇입니다. 정말 힘들었 지만, 당신들이 있어서 할 만했습니다. 뒤늦게 하는 말이지만, 사 랑합니다.

왜 '히어로'냐고 물으실 수도 있겠네요. 여성명사 남성명사를 엄격히 가리는 것을 싫어하기 때문입니다. 저도 제 번역 시 성별 대명사를 'They is'로 쓰는 사람이니까요. 21세기잖아요. 우리는 좀 더 자유로워질 필요가 있어요.

하츠네 미쿠 콘서트 영상을 찾아보다 생각했습니다. 미쿠는 사랑으로 이루어져 있구나. 사랑이 미쿠를 만들고, 목소리를 주 고, 모니터에서 나와 무대 위를 뛰어다니게 했구나. 미쿠를 만들 기 위해 정말 많은 사람이 노력했구나. 그런 생각요.

마찬가지로 게임을 만드는 데는 많은 직군이 필요하죠. 기획, 클라이언트 프로그래머, 아트, 사운드, 온라인이라면 서버 프로 그래머, 디렉터, 마케터, 퍼블리셔, 인사경영팀, 기타 등등. 다 넣 지는 못했습니다만. 여러분이 하는 게임 뒤에는 언제나 그걸 만 든 사람들이 있다는 걸 기억해주시면 좋겠습니다.

2004년 6월의 벨테인에 〈마비노기〉 캐릭터를 만들어서 다행이라고 생각합니다. 만돌린 서버 민유하가 아니었으면 저는 지금 사랑하는 사람들을 만나지 못했을 거예요. 그중 한 명이 16년이 지난 지금 결혼을 앞두고 있습니다. 당신의 게임 인연들도 오래 오래 다정한 사람이 되길 빌어요.

이 이야기를 읽으신 당신이 행복하기를, 게임 회사 사람들이 주 40시간 노동과 자신의 평화를 누리기를 간절히 소망합니다.

김성일 _성전사 마리드의 슬픔

처음에 이 기획에 참여하라는 제안을 받았을 때, 나는 TRPG 의 개발 과정을 소설로 써야 한다고 생각해서 하마터면 거절할 뻔했다.

어떤 의미에서 TRPG 개발은 컴퓨터 게임 개발보다 소설 쓰기 (심지어는 시 쓰기)에 더 가깝다. 많은 경우, 아무에게도 설명하지 못할 문제를 이렇게 할까 저렇게 할까 거의 혼자서 고민하는 것이 TRPG 디자인의 주된 내용이다. 상사의 압력도 없고, 동료와의 충돌도 없고, 예산도 없고, 버그도 없고, 패치도 없고, 서버 다운도 없고, 과금 모델도 없고, 성난 유저들의 별점 공격도 없다.

선비가 귀양을 가서도 할 수 있을 정도로, TRPG 디자인은 외적 갈등 없는 작업이다. 그런 평온한 (그러면서도 잘 알려지지 않은) 일을 재미있는 이야기로 풀어내는 것은 내 능력 밖의 일이다.

그러나 모든 TRPG 작품은 개발자 툴킷 같은 면이 있다. TRPG 룰북에 나와 있는 룰과 데이터는 일반적인 컴퓨터 게임이나 보드게임의 그것과 성격이 사뭇 다르다. TRPG를 플레이하는 사람들은 룰북을 플레이하는 것이 아니라, 룰북을 이용해서 플레이를 한다. TRPG의 플레이 경험은 어떤 사람들이 모여 어떤 룰을 선택하고 어떻게 활용하느냐에 따라 천차만별이 된다.

TRPG의 주인공인 PC에게는 스크립트가 없다. 대사도 플레이어가 정해야 하고, 할 행동도 선택지 없는 주관식으로 정한다. 마스터는 플레이어의 그런 자유로운 선택에 구체적으로 대응해서 이야기를 펼쳐나가야 한다. 여기에도 물론 아무 제약이 없다.

즉, TRPG를 플레이하는 사람은 누구나 어느 정도 개발자의 처지가 된다. 고객을 위해서가 아니라 자기와 옆 사람을 위해 즉석에서 게임을 만들어내는 개발자의 처지가. 그 점에 착안해서, 「성전사 마리드의 슬픔」에서는 TRPG 자체의 개발 과정이 아니라 플레이에서 벌어지는 일을 그렸다.

플레이어가 단지 주인공 캐릭터일 뿐만 아니라 개발자나 작가 같은 처지에 있다는 TRPG의 특징은 플레이어와 캐릭터 사이에 불일치를 가져온다. TRPG에서 플레이어는 온전히 자기 캐릭터일 수 없고, 캐릭터 또한 온전히 플레이어의 아바타가 아니다. 이것은 그 화해할 수 없는 불일치에 관한 이야기다.

「성전사 마리드의 슬픔」의 무대가 되는 『메르시아의 별』은 로마를 연상케 하는 세계 제국을 상대로 가망 없는 저항 투쟁을 벌이는 속국 영웅들에 관한 TRPG 작품이다. 『페이트 코어 시스템』과 함께 사용하도록 만들어졌다. 『메르시아의 별』에서, 플레이어들은 이야기의 주된 무대가 될 지방을 설정하고, 그 지방에 있는 각자의 나라를 설정하고, 그 나라를 대표하는 저항 영웅을 만든다. 그리고 무시무시한 마법 기술을 가진 무자비한 제국을 상대로 장렬한 영웅담을 만들어나간다.

『메르시아의 별』TRPG 룰북은 내 소설 데뷔의 계기이기도 하여, 이 세계에는 각별한 애착이 있다. 같은 세계를 무대로 하는 장편소설 『메르시아의 별』과 『메르시아의 마법사』가 나와 있으니 궁금하신 분은 찾아보시라.

김인정 _앱솔루트 퀘스트

"님 우리 회사 다니셨던가? 뭐지, 이거 다큐멘터리 같은 건가?"

"와. 혹시 실화? 내보내도 괜찮을까요?"

한번 봐달라고 했더니 업계 지인 여러분께서 관대하게도 그렇게 말씀해주셨지만, 정말로 이것은 픽션입니다. 전적으로. 계속 익명의 개발자로 일해야 하는데 실화를 옮길 순 없잖아요. 실제 현장(?)은 어디나 그렇듯, 누구나 그러할 것이듯, 백인백색이고 천 팀 천 색입니다. 아마도.

처음엔 모바일 게임팀을 배경으로 할까 고민했는데, 모바일의 개발 속도에 맞추자면 이야기가 많이 달라진 형태가 될 것 같아 온라인 게임팀을 염두에 두고 썼습니다.

솔직히 경력 기간이 짧지 않은 데다, 정말로 운이 좋아서 멋진 프로젝트를 여럿 거쳤음에도 게임 시나리오가 뭔지조차 모르겠습니다. 누군가 알면 꼭 알려주세요.

열정도 애정도 아주 얄팍하고, 사소한 욕망마저 전부 소모재라는 걸 더 일찍 알았다면 어땠을까 생각합니다. 그러나 익히 알고 있는 지금 행동하지 않는다면 좀 더 과거로 돌아가도 크게 다를 바가 없을 것입니다. 게임을 하고 싶은 마음이나, 잠깐이라도 즐겁게 느끼는 감정이나, 하다못해 책장을 넘기기로 결심하는 찰나까지도 소중한 것. 불꽃이 하나 꺼지고 나면 그 자리에는 재만 남기에. 지나온 길이 길고 멀어질수록 스스로에게도 세계에도 관대해집니다.

그런데 대충 사는 것과 너그럽게 사는 것은 과연 얼마나 어떻게 다른 걸까요?

요약하자면, 산다는 게 무엇인지조차 아직 모르겠습니다. 누군가 알면 꼭 알려주세요.

김철곤 _즉위식

아마도… 실제로는 저렇게 하면 게임 완성 못 할 겁니다. 인내심이 바닥난 람파 왕자가 탁민을 사형장으로 질질 끌고 가는 장면이 엔딩이었겠지요. 백번 양보해서 어떻게 완성했다고 쳐도 눈 뜨고 못 볼 버그와 에러를 쏟아내는 괴물이 탄생해 유튜브 어딘가에 '대환장 사이버 즉위식' 같은 이름으로 영구 박제될 겁니다. 현실이 그렇습니다. 갓 만든 게임이 제대로 작동한다는 것 자체가 대자연의 질서를 역행하는 매우 부자연스러운 현상이니까요.

하지만 이 단편의 상당 부분은 실제 제가 겪었거나 지켜본 경험들로 구성했습니다. 배신에 배신을 거듭해 부와 명예를 거머쥔 권력자라거나 광적으로 게임에 집착하는 먼 나라 왕족이라거나 빛 한번 보지 못하고 무덤에 생매장된 타이틀이라거나 천재적인 실력을 갖췄지만 평생 가난한 개발자라거나… 이 또한 현실이니까요.

현실은 언제나 낭만적인 것은 아니기에 최대한 즐거운 이야기를 쓰려고 노력했습니다. 말하자면 이 단편은 '현실에서도 이랬으면 좋겠다'는 저의 바람입니다. 모쪼록 저의 황당한 공상을 같이 즐기셨길 빌겠습니다. 읽어주셔서 감사합니다.

그리고 개인적 사정으로 긴 시간 동안 글쓰기와 많이 떨어진 세상을 헤매고 있는 제게 과분한 기회를 주신 요다 출판사와 김보영 작가님에게 감사의 인사를 전합니다. 빠른 시일 내에 다른 글로 독자님들에게 인사드릴 수 있도록 노력하겠습니다.

기획의 말

「토피아 단편선」을 끝내고 편집부에 찾아가 다음 단편집 주제를 논의했을 때, 대화 내내 "게임 판타지가 대세죠" "게임이 대세죠" "게임 시나리오가 훌륭한 것이 얼마나 많은데…" 하는 내용이 화두에 오르더군요. 그 자리에서 게임소설 앤솔러지를 하자는 결정을 내렸습니다.

이후 편집부와 메일로 이런저런 아이디어를 나누었지만, 최종적으로는 다른 규칙 없이 '게임 개발 경험이 있는 작가가 쓰는 게임소설 앤솔러지'라는 단순한 형태로 가자는 결론을 내렸습니다. 설사 작가가 자기 체험을 일부러 반영해 쓰지 않는다 해도, 지식이 다르면 다른 작품이 나오리라는 것을 믿고요. 참여할 작가님들의 이름은 거의 바로 떠올랐습니다. 자리가 한정되어 있어 더 부르지 못한 것이 아쉬웠을 뿐입니다.

단지 그 원칙하에 작가님들을 모으고 보니 예상치 못한 갈등이 살짝 생겨났습니다. 다들 잠시 잠깐씩 "익명으로 쓸까요, 아니면 게임계를 은퇴할까요"를 가열차게 고심하시기 시작한 겁니다. 걱정하지 않는 사람은 업계를 떠난 저와 본인이 회사 사장이신 분뿐이더군요. 사실 이렇게 빛나는 경력의 작가님들을 모아놓았는데도, 유달리 여성 작가님들이 참여한 작품을 밝히지 않는 점은 컴컴한 현실을 반영한다는 생각이 듭니다.

어떤 소설이 모일지 몹시 궁금했습니다. 그런데 다 모인 뒤에 보니, 게임을 만드는 분들이 게임이라는 소재를 앞에 놓고 가장 생생하게 떠올린 것은, 결국 지극한 애정이 아니었나 합니다. 그만큼 사랑스러운 앤솔러지가 되지 않았나 생각합니다.

다시금 좋은 단편집을 꾸려주신 요다 편집부에 감사드립니다.

2020년 3월

김보영